当代寓言名家新作

Dangdai Yuyan Mingjia Xinzuo

燕南飞

洪善新◎著

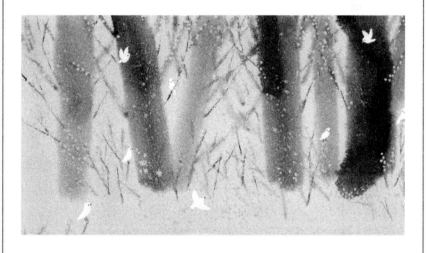

读寓言·学知识·明事理·提素质

品读寓言故事　领悟人生哲理

经典寓言大世界　人生智慧大宝库

天津出版传媒集团

天津人民出版社

图书在版编目（CIP）数据

燕南飞 / 洪善新著 . –– 天津：天津人民出版社，
2018.9
（当代寓言名家新作）
ISBN 978-7-201-13731-5

Ⅰ.①燕… Ⅱ.①洪… Ⅲ.①寓言—作品集—中国—
当代 Ⅳ.① I277.4

中国版本图书馆 CIP 数据核字（2018）第 199695 号

燕南飞
YAN NAN FEI

出　　版　天津人民出版社
出 版 人　黄　沛
地　　址　天津市和平区西康路 35 号康岳大厦
邮政编码　300051
邮购电话　（022）23332469
网　　址　http://www.tjrmcbs.com
电子信箱　tjrmcbs@126.com

责任编辑　李　荣
装帧设计　映象视觉

制版印刷　永清县晔盛亚胶印有限公司
经　　销　新华书店
开　　本　640×920 毫米　1/16
印　　张　12
字　　数　200 千字
版次印次　2018 年 9 月第 1 版　2018 年 9 月第 1 次印刷
定　　价　29.80 元

总序：为有源头活水来

——《中国当代寓言名家新作》丛书总序

顾建华

中国当代寓言，正在用浓墨重彩书写着中外寓言史上令人瞩目的新篇章。

进入改革开放的新时期后，在我国文坛上，寓言空前活跃起来，涌现出数百名痴心于寓言创作的作者和难以计数的寓言佳作。

本丛书的八位作者堪称中国当代寓言名家。他们大多数是从20世纪70年代末80年代初开始写作寓言，已经有了三四十年的创作经历。有的作者虽然以前主要从事其他文体的写作，但后来专注于寓言创作的时间也有一二十年了。他们的寓言作品量多质高，一向受到读者的欢迎和好评，不少名篇被各种报刊选用，收入各种集子，有的还被选作教材广泛流传。

这些作者以往都早已有各自的多种寓言集问世，在寓言界有一定的影响。本丛书收入的作品，则是他们近年所写，首次结集。可以说是作者们用积淀了一生的智慧和才华，观察当今社会、解剖各种人生的结晶；也是作者们力求寓言创新的又一新成果，无

论在思想境界上还是艺术境界上都给人很多启迪。

这十部寓言集和我们常见的平庸的寓言作品不同，不是用些老套的看了开头就知道结尾的动物故事，演绎一些连小朋友们都已厌烦了的道德说教，或者一些肤浅的事理、教训。它们的题材非常广博，有的影射国际时事，有的讽喻世态人情，有的抨击贪官污吏，有的呼吁保护生态……很多作品笔锋犀利、情感炽烈，既有冷嘲热讽，也有热情歌颂；而思想之深邃，非历经世事者所难以达到。它们娓娓道来的或者荒诞离奇，或者滑稽可笑的故事，却是当今现实世界曲折而又真实、深刻的反映。这样的寓言作品并不是供人饭后消遣的，而是开阔人们的胸襟、心智、眼界，让人们在兴趣盎然地读了之后禁不住要掩卷深思，深思社会、深思人生。

这十部寓言集显现了作者们高超的艺术功底，在艺术表现上多有新的突破和尝试。

杨啸是我国屈指可数的享有很高声誉的寓言诗人。从他的两部新作《狐狸当首相》和《伯乐和千里马》可以看出，他的寓言诗艺术已经炉火纯青，并且还在不断求新，样式、手法多种多样。如作品中除了运用娴熟的单篇寓言诗外，还有不少系列寓言诗、微型寓言诗等等，给人以新意。他过去的很多寓言诗是写给成人的，更是写给孩子们的，特别善于用富有童趣的幽默故事、朗朗上口的动听诗韵，让读者（尤其是儿童读者）得到教益。这两部寓言诗依然既是写给孩子们的，更是写给成人的，在内容和写法上都有很多变化。

张鹤鸣、洪善新伉俪在寓言剧的创作上，在我国原本就无人

可与之比肩，近几年又进一步冲破旧模式的藩篱，另辟蹊径地创造了"代言体"寓言短剧的新形式，使寓言能够更好地融入少年儿童的生活和心灵，发挥寓言的道德教育、知识教育、审美教育的作用。《燕南飞》中的一些作品已经成为初学者学写寓言剧的样板，《海神雕像》则显示了作者多方面的才能。他们原先擅长创作带有戏剧性的篇幅较长的寓言故事，现在生活节奏加快，为了满足读者需要，这次也写起了寥寥数言的微寓言，且颇有古代笔记小说的韵味，别具一格。

《蓝色马蹄莲》是作者吴广孝旅居美国时的所见所闻所思所念，散发着我国其他寓言作品中罕见的异域风情。它也不同于其他寓言作品用编织出人意料的情节来揭示作者想说明的哲理，而是像一则则旅游随笔，以优美而简约的散文笔法展示作者所经历、所体验的人、事、物，然后出其不意地迸发出作者由此而来的瑰丽奇妙的思想火花，使随笔变成了寓言。《伊索传奇》以虚构的伊索的生活为线索，在光怪陆离的时空转换中，穿插着对《伊索寓言》的全新的阐释，借题发挥，抒发的却是当代中国人的情感。

罗丹所写的《苏格拉底的传说》同样是以古希腊的智者为寓言的主角。过去也有人这样写过，但罗丹笔下的苏格拉底与他人不同，有着作者本人的印记。苏格拉底对古往今来的各色人等、鸟兽虫鱼发表的言论，都是作者数十年从生活中获得的人生感悟，是对晚辈的谆谆教诲，很值得细细体味。

《白天鹅和黑天鹅》秉承了作者林植峰自1956年上大学时发表寓言（距今已有一个甲子）以来，一以贯之的"颂扬真善美、鞭挞假恶丑"的宗旨。他的这部新作就像他自己所说的那样，是"文

字的漫画"，作品中用嬉笑怒骂的文字构成的各种虚幻世界，表达了作者对当前社会现实问题的严肃思考，应该引起世人的警觉。

《龙舟鼓手》，让我们看到作者凡夫严谨的写作态度以及寓言的多种多样的艺术表现手法。其中的作品都是有感而发，篇篇经过精心打磨，在写法上不拘泥于某种套路，微型小说、笑话童话、民间故事、小品杂文等都能运用自如地嫁接到寓言中来。他还特别重视把寓意水乳交融般地渗透到故事中去，他的寓言没有外加的生硬的说教，却十分耐人寻味，让读者自己从故事中去领略、生发更多的意义。

桂剑雄写的《西郭先生与狼》，无论上半部分的动物寓言还是下半部分的人物寓言，都继承和发扬了明清笑话寓言的特色，十分诙谐有趣。很多作品不是以智者为主角，而是以愚者为主角。作者夸张地描写愚者愚拙蠢笨的荒唐言行，讽刺意味浓郁，既引人发笑，更发人深思。如今，寓言中刻画成功的愚者形象并不多见，因此这些作品尤显可贵。

本丛书的作者大都年事已高，却依然充满旺盛的文学创造力，继续为寓言创新铺路开道。他们以自己的创作实践印证了习近平总书记在文艺工作座谈会上的讲话中所说的："人民是文艺创作的源头活水"，"文艺的一切创新，归根到底都直接或间接来源于人民"。

笔者和丛书作者相识、相知数十年。从交往中我深深感受到：他们心底坦荡，为人正直，急公好义，乐于助人，不畏权势，嫉恶如仇；他们一直生活在人民之中，热爱人民，心系人民，对人民的深厚感情促使他们不断地要用被称为"真理的剑""哲理的诗"

的寓言来为人民发声，表达人民的爱憎和愿望！据我所知，本丛书中的不少作品，就是直接来自于作者的亲身经历，是作者在为大众的事业、大众的利益仗义执言。作者们为寓言创新所做的努力，也都是为了使自己的作品更加得到人民的喜欢，满足人民的需要。

南宋朱熹的《观书有感》诗云："半亩方塘一鉴开，天光云影共徘徊。问渠那得清如许？为有源头活水来。"池塘之所以能够如镜子一般透彻地映照天光云影，是因为它有源头活水。当代寓言名家新作之所以能够拒绝平庸，不断创新，真实地、本质地反映现实生活，就因为作者们紧紧地依赖于汩汩涌流、取之不尽、用之不竭的源头活水——百姓生活。脱离了百姓，脱离了生活，寓言就会成为"无根的浮萍、无病的呻吟、无魂的躯壳"，失去与时俱进的活力，失去存在的价值。

作者诸兄嘱我为这套丛书说几句话，就写下了以上一些读后心得，权作序言。

2016 年元旦于金陵紫金山下柳苑宽斋

目 录

雁南飞（小歌剧）

——根据寓言大师黄瑞云先生的《雁警》改编

[时间] 一个宁静的夜晚。

[地点] 湖心的沙洲上，芦苇丛中。

[人物] 雁警、头雁、雁二、雁三、雁四、雁五、雁六、
猎人

[幕启] 合唱声中雁群舞姿翩翩走出。

（合唱）秋风阵阵夜茫茫，

千里迢迢去南方。

风餐露宿多辛苦，

沙洲安营入梦乡。

头　雁　嗨！大家好！我们是一群南飞的大雁。如今气候渐渐
变冷，雁群必须去南方过冬，长途跋涉，飞越千山万水，
好辛苦啊！哎，明天还得赶路，不如先在沙洲歇一歇
吧！（雁警和三对大雁舞动翅膀圆场，停下）

头　雁　大伙儿歇一歇，今天大家飞了一整天，都累坏了。伙
伴们，我们快睡一觉吧。（对雁警）雁警，辛苦你了，
好好放哨，雁群的生死存亡全靠你了，责任重大，

万万不可大意！

雁　警　多谢领头雁提醒，我记下了。雁警我自知责任重大，
　　　　一定不敢大意。一人辛劳，换来伙伴们的安全，我无
　　　　怨无悔。大家放心睡吧！

〔众雁陆续睡觉，只有雁警站立着，警惕地瞭望。雁群有些
躁动，大伙儿伸长脖子张望。〕

雁　警　你们快睡吧，明天还要飞更长的路程呢！你们安心睡
　　　　觉，有情况我会及时报警的！

〔雁警警惕地注视着四周，尽心尽责地保卫着雁群的安全。〕

〔一会儿，远处亮起火光。〕

雁　警　啊，火光？是火光！不好，有危险！（大叫）醒醒，
　　　　醒醒！火光！有火光啊！

〔雁警报警时，火光熄灭。〕

雁　二　（猛然惊醒，边揉眼睛边环顾四周）什么火光？什么都
　　　　没有啊！雁警，你有没有搞错？这里根本就没有火光啊。

雁　警　（疑惑）咦？这、这……这是怎么回事啊！

　　　　（唱）明明看到有火光，

　　　　　　　突然消失为哪桩？

　　　　　　　忽明忽暗好蹊跷，

　　　　　　　多加小心多提防！

雁　三　（生气）干吗一惊一乍的，你有病啊？真是的，我
　　　　刚才梦得正香，梦中来到了一个很美好的地方，那儿
　　　　山青水秀，风光明媚，到处都是丰美的食物（咂咂嘴），
　　　　我正想吃呢，就被你吵醒了，你赔我好梦来！

雁　四　就是！我正梦到自己坐在蛋宝宝上孵化，刚刚听到蛋壳"咔嚓"一声裂开来，还没来得及看一眼我可爱的宝贝从蛋壳里出来，就被你吵醒了。扰人好梦！罪责难逃！

雁　警　对不起……可我真的看到了火光的啊……

头　雁　好了，好了，它也不是故意的，大概太劳累了，产生了幻觉。原谅它吧，不必计较，大家都早些睡吧，明早天一亮就要上路的。（转过头来对雁警）雁警啊！

　　　　（唱）你也不必太难过，

　　　　　　　报警难免会失误。

　　　　　　　惊动雁群是非多，

　　　　　　　下回定要看清楚。

雁　警　是，记下了！

［众雁再次安眠，响起一阵呼噜声，湖畔沙洲又安静了下来。］

雁　警　唉，明明看见了火光，可是我报警时，它又熄灭了。

　　　　看来事有蹊跷，我该加倍警惕了！

［又过了一会儿，两处火光闪烁，并且离雁群更近了］

雁　警　（旁白）啊！有危险，这回我可是看得真真切切了。

　　　　没错，肯定是猎人来了，快报警吧！（大叫）快醒醒！

　　　　快醒醒！火光又亮了！肯定是猎人来了！

［雁群再次被惊醒。火光又一次消失了］

雁　二　（急忙起身，看看四周）什么啊，根本就没有火光，

　　　　（生气）你干吗还要再骗我们啊？

众　雁　是啊，你安的什么心啊？

头　雁　雁警，我不是跟你交代过了，一定要看仔细了再报警嘛。

（唱）雁警啊雁警，

　　　三番两次你谎报军情。

　　　惊扰雁群不得安宁，

　　　你究竟安的什么心！

（白）不是我说你，你这样草率报警，弄得大家都疲惫不堪，何苦呢！

雁　警 （低着头）我、我……我真的没骗你们啊！

（唱）明明看见亮火光，

　　　一报警，回归平静夜茫茫。

　　　肯定是猎人设陷阱，

　　　多个心眼谨莫忘。

雁　五 （火冒三丈）雁警，你三番两次谎报军情，存心捉弄我们，还说自己没有，真是太令人生气了！

雁　六 你有病啊！你这个大骗子！伙伴们，我们一起啄它，把它赶走，看它还敢不敢胡闹！

（冲向雁警）

众　雁 对！啄死它！谁让它欺骗我们，打扰我们睡觉！（一齐冲向雁警，狂啄起来）

雁　警 （尽力逃出包围圈）不要啊！我真的没有骗你们！（羽毛被啄得零落不堪）哎（委屈地叹了口气，眼里噙满泪水）

头　雁 （阻止）好了，好了，教训一下，让它长点记性就可以了，大家还是早些歇下来，快睡吧！

众　雁 我们已经忍无可忍了，如果再胡闹，就让你不得好死！

头　雁 好了，请大伙儿再放它一马，如果它一意孤行，我也

不再为它求情了！雁警，你好自为之吧！

［骚动的湖州再一次恢复平静，雁警忍辱负重，依然坚守在它的岗位上。］

［一会儿，三个火把亮起，猎人持猎枪上。猎人的对话声越来越近，情况万分紧急。］

雁　警　哎呀！原来火光的忽隐忽现果真是猎人布下的陷阱啊！

　　　（唱）狡猾的猎人太可恨，

　　　　　　狠心设下迷魂阵。

　　　　　　可怜雁群上大当，

　　　　　　沙洲留宿昏沉沉。

　　　　　　倘若报了警，

　　　　　　势必群情更激愤。

　　　　　　倘若自逃生，

　　　　　　枉为雁警愧万分。

　　　　　　左右为难难煞我，

　　　　　　退难退来进难进。

　　　　　　灭顶大灾道不得，

　　　　　　难救伙伴痛碎心。

　　　　　　也罢，生死荣辱何足惜，

　　　　　　我必须报告大难已来临！

　　　（朝雁群尽一切力量呼喊）醒醒！醒醒！快逃啊！我看到三个火把亮起来了，还听到猎人的说话声了！猎人真的来了，快醒醒啊！

众　雁　"哎呀，吵什么吵？""不要理它，好好睡吧！"（又
　　　　响起了呼噜声）

雁　警　（逐一催促）快醒醒！快醒醒啊！

众　雁　（有的用喙啄它，有的用翅膀拍它，有的用脚踢它）
　　　　"又来了，是不是欠揍啊！""去去去，滚远点，谁
　　　　相信你的鬼话！"

雁　警　（痛苦地）真的！真的没骗你们！快逃啊！（焦急地
　　　　叫喊着，想推醒沉睡的伙伴）

众　雁　滚开！快快滚开！

　［幕后响起一声枪响"砰"！］

猎　人　（持猎枪上）哈哈哈，你们今天都归我啦！我要把
　　　　你们一网打尽！哈哈哈哈！（撒下天罗地网，网住众
　　　　雁，领头雁挣脱，欲起飞，猎人开火，领头雁死去。）

　［雁警躲进芦苇丛中，眼睁睁地看着伙伴们一个一个遭难，
伤心欲绝，却又无可奈何。］

猎　人　（对芦苇丛喊）雁警，你已经尽心尽职了，你是无辜
　　　　的，我们不想伤害你，再见了！（下）

　［终于，猎人们大获全胜满载而归，沙洲又平静了下来。］

雁　警　（从芦苇丛中出，面对着黑暗凄清的沙洲悲伤地啜泣）
　　　　伙伴们，你们都离世了，作为雁警，我活下来还有什
　　　　么意义呢！我对不起你们啊，呜呜呜……我悲伤不是
　　　　因为我受了委屈，我最大的痛苦在于我清醒地看到了
　　　　灾祸的来临，却无力使我的群体免于毁灭的命运啊！
　　　　（痛不欲生地瘫倒）

（剧　终）

丑小鸭（课本剧）

——根据安徒生同名童话改编

[时间] 夏天。

[地点] 安徒生的童话世界里。

[人物] 丑小鸭、鸭姐姐、鸭哥哥、鸭妈妈、天鹅阿
姨和野狗。

[幕启] 一片沼泽地，几簇芦苇丛。芦苇丛里有一个隐秘的
野鸭巢，巢上蹲着孵蛋的鸭妈妈。

鸭妈妈 （伴随活泼的音乐走出芦苇丛）

（唱）太阳出来亮堂堂，

芦苇丛中好风光。

天鹅野鸭多欢喜，

家家户户孵蛋忙。

哎呀，多美丽的夏日呀，到处莺歌燕舞，一片繁荣景象！（伸
个懒腰）哎哟，孵了一天的蛋，腰酸背痛的，先去喝几口水吧！

[枪声骤响。]

鸭妈妈 （大惊）啊，天哪，多恐怖的声音啊！那些叫作"人"
的怪物又来了，我得小心点了！（急躲下）

［哀乐声中，天鹅阿姨捧一只天鹅蛋哭泣上。］

天鹅阿姨 啊！惊天动地一声枪响，姐姐不幸遭了殃，留下一只天鹅蛋，谁可以帮忙孵蛋啊？我，就要随天鹅表演团去一个遥远的地方，怎么办呢？（四处张望）咦，那不是野鸭巢吗？这天鹅蛋的孵化工作就交给野鸭大姐代劳吧！（悄悄将天鹅蛋抱到芦苇丛后面野鸭巢中，见野鸭回来，偷偷隐下。）

鸭妈妈 （复上）唉，吓出一身冷汗，我得赶快回家看看我的小宝宝！（查看）哈哈，小宝宝全出壳啦，多可爱啊！咦？我啥时候生过这么奇怪的大蛋呢？（捧起蛋端详）真把我搞糊涂了，嗯，准是梦里下的蛋，自己倒忘了！嗨，自己的孩子嘛，先把它孵出来再说！（蹲下）

［鸭哥哥，鸭姐姐先后从野鸭巢钻出来，打闹嬉戏。］

鸭妈妈 宝宝别乱跑，来，让妈妈仔细瞧瞧！（仔细审视）哈哈，我的宝宝多俊俏啊！

（唱）宝宝宝宝多俊俏，

　　　扁扁的嘴巴柔柔的毛。

　　　红红的脚丫连蹼膜，

　　　天生就是游泳的料。

鸭姐姐 妈妈，我想去游泳。

鸭哥哥 妈妈，我也想下水。

鸭妈妈 （欣喜）好，好，等我把小宝宝孵出来，一同下水吧！

［丑小鸭内声：妈妈，我来了……］

［丑小鸭上，抱住鸭妈妈撒娇。］

鸭妈妈 小宝宝，你也出来啦，让妈妈瞧瞧（一看，大惊）啊，
你……你怎么……

［鸭姐姐与鸭哥哥围上观看。］

鸭姐姐 妈妈，它长得好怪哦！

鸭哥哥 （惊呼）太可怕了！太可怕了！（忙躲到鸭妈妈身后）
实在太恐怖了！妈妈，你看它多寒碜啊！

鸭姐姐 是啊，你多丢我们的面子啊！

鸭妈妈 唉，毕竟也是妈妈的孩子啊，虽然长得丑了些，但它
腿脚脖子都要比你们健壮，肯定也会有出息的。

鸭哥哥 有什么出息，一只丑小鸭！

鸭姐姐 是啊，不过是只丑小鸭！

［鸭哥哥鸭姐姐逗丑小鸭作乐。］

［丑小鸭欠欠身子，又缩成一团。引来阵阵狂笑。］

鸭妈妈 好啦，别闹了，妈妈去给你们找点吃的！（下）

鸭哥哥 喂，丑小鸭，我们较量较量怎么样？

丑小鸭 这个——

［鸭姐姐与鸭哥哥耳语。］

［鸭姐姐和鸭哥哥一齐追打丑小鸭。］

丑小鸭 （哭）哥哥，姐姐，你们别打我了，我做错什么了吗？

鸭哥哥 哼，长得这么丑，就是你的错！

鸭姐姐 不认错，你欠揍啊！（追打丑小鸭，不小心滑倒在地）

鸭姐姐 唉哟喂，痛死我啦！痛死我啦！呜呜呜——

丑小鸭 （小心翼翼上前）姐姐，你没事儿吧？啊，流血了，

这可怎么办？（随手取来白丝带）姐姐，我帮你包扎吧。

鸭姐姐 别靠近！你这丑八怪——哎哟，妈呀——

鸭妈妈 （急上。见状，惊异）你怎么啦，孩子？

鸭姐姐 嗯——嗯，是，是丑小鸭欺侮我！

鸭妈妈 （看看丑小鸭）孩子，是你欺负姐姐吗？

丑小鸭 没有，我没有……

鸭哥哥 还说没有！明明是你把姐姐推倒的，我看得清清楚楚。

鸭妈妈 真的吗？（疑惑地看着丑小鸭）

丑小鸭 （急辩）没有，不是这样的……

鸭妈妈 （不耐烦地）好啦，干了坏事又死不认账，妈妈可不喜欢你了！

〔鸭姐姐和鸭哥哥得意地奸笑。〕

鸭姐姐 （假装好人）妈妈，弟弟还小，您就原谅它一次吧！

鸭妈妈 （拍拍鸭姐姐脑袋）真是个心地善良的好孩子啊！（对丑小鸭）好好向你姐姐学学！

〔丑小鸭伤心地点头。〕

鸭妈妈 好啦，妈抓了3条小鱼，你们先分了填填肚子，妈再去抓几条大的来！

（留下小鱼）

〔鸭姐姐与鸭哥哥耳语，奸笑。〕

鸭哥哥 （对丑小鸭）喂，小家伙，别愣着，过来！

丑小鸭 （蹒跚地走近）我知道自己长得丑，你们都讨厌我，可你们不能冤枉我呀！

鸭姐姐 （佯装热情）对不起，让你受委屈啦，这些小鱼全归你啦，算是弥补吧！

丑小鸭 （受宠若惊）这……可是……可是你们不饿吗？

鸭哥哥 反正都给你了，何必客气呢？（将小鱼硬塞给丑小鸭，忙向鸭姐姐使 眼色。）

鸭姐姐 （哭喊）妈妈——妈妈——

丑小鸭 （不解）姐姐，你怎么啦？

鸭妈妈 （急上）又怎么啦？

鸭哥哥 它抢走了我们的食物，这丑八怪太贪心了！

鸭妈妈 （生气）丑小鸭，你怎么可以这样做呢？你实在是无可救药了，（对鸭哥哥和鸭姐姐）咱们走吧，我不想再见到它！

丑小鸭 不是这样的，妈妈，您听我说……

［鸭妈妈并不理睬，与鸭哥哥鸭姐姐生气地下。］

丑小鸭 唉！

（唱）都怪我的模样丑，

哥哥姐姐欺负我。

可惜妈妈不知情，

一腔哀怨无处说。

（狗叫声）啊呀，野狗来啦，快快藏起来吧！（躲芦苇丛中）

野　狗 （上）嗷——饿了一整天，肚子都扁了，（嗅）嗯，我闻到猎物的气味了！（寻找，扑向芦苇丛，丑小鸭一拍翅膀，飞进水塘）

［野狗无可奈何，贪婪地盯着丑小鸭，可又不敢下水。］

丑小鸭 水塘很深的，不敢下来了吧？

野　狗　哈哈哈!

　　　　（念）原来是只丑小鸭,

　　　　　　　怪模怪样太可怕。

　　　　　　　就算送到我嘴边,

　　　　　　　我也懒得张嘴巴!

丑小鸭　啊? 我虽然丑,但是我很肥呀!

野　狗　肥有什么用,谁要是吃了你,一定也会变成丑八怪
　　　　的! 呸! 恶心! （下）

丑小鸭　我真的很难看吗? （照一照湖水）啊,真的太丑了,
　　　　怪不得连野狗都不想吃我了! 唉,还不如一头撞死算
　　　　了! （欲自杀）

　　　［幕后喊声: 等一等——］

　　　［天鹅阿姨急上,翩翩起舞。］

丑小鸭　呵! 多美丽的白天鹅啊!

天鹅阿姨　（端详丑小鸭）小家伙,你就是野鸭巢中孵化出来
　　　　的孩子吧? （丑小鸭点点头）我可找到你了! （丑
　　　　小鸭木然）我是你的阿姨啊,孩子!

丑小鸭　啊? 您是我的阿姨?

天鹅阿姨　对,我的姐姐——也就是你的妈妈被猎人枪杀了,
　　　　我将你偷偷放到野鸭巢中孵化的,你不是丑小鸭,
　　　　你是一只高贵的白天鹅啊!

丑小鸭　（惊疑）白天鹅? 我也能像您一样美丽吗?

天鹅阿姨　当然,给你阳光,你就会灿烂;给你时间,你就会
　　　　美丽!

丑小鸭 真的吗？

天鹅阿姨 真的。来吧，孩子！

［烟雾茫茫的水面上，丑小鸭接连旋转，（表示时间推移）丑小鸭终于渐渐变成了一只美丽的白天鹅。］

丑小鸭 （小心翼翼地照一照湖水）哎呀！多美丽的白天鹅呀，这是我吗？不会是做梦吧？

［天鹅阿姨细心为小天鹅梳理打扮。］

（幕后合唱）

　　　丑小鸭，丑小鸭，

　　　历经风雨终长大。

　　　苦尽甘来化天鹅，

　　　洁白美丽人人夸！

［鸭妈妈与鸭哥哥、鸭姐姐上。］

鸭妈妈 哇哈，孩子们，快看，多美丽的两只白天鹅呀，她们是最圣洁的鸟儿啊！

小天鹅 （看见了鸭妈妈）妈妈！妈妈！

鸭妈妈 （环视四周，疑惑不解）高贵的小天鹅，你是在喊我吗？

天鹅阿姨 大姐，它就是丑小鸭呀，您还记得它吗？

三只鸭 什么？它就是丑小鸭？！（野狗暗上）

小天鹅 对呀，其实我不是鸭子，我是白天鹅！

鸭妈妈 （把小天鹅搂在怀里）对不起你啊，孩子，都怪妈妈不好，让你受委屈了，你肯定受了很多苦吧？

鸭姐姐 （惊喜）哇，我的弟弟好漂亮耶！

鸭哥哥 耶，我有个弟弟是白天鹅喔！

野　狗 嘿，我差一点点吃到天鹅肉啰！（众合力驱赶野狗，

野狗逃下，众笑）

鸭姐、鸭哥 好弟弟，很对不起你，请你原谅！

小天鹅 别提了，都是一家人嘛！

众 （唱）人情冷暖不足奇，

　　　是非恩怨休再提。

　　　天上人间各东西，

　　　亲人惜别情依依。

〔天鹅阿姨、小天鹅与鸭妈妈们告别。〕

（幕在合唱声中渐闭。）

（剧　终）

小兔子找朋友（小歌剧）

［时间］ 秋高气爽、风和日丽的一个早晨。

［地点］ 小兔子的菜园中。

［人物］ 小白兔、癞蛤蟆、花蝴蝶和若干小青虫。

［幕启］ 舞台上有一棵水淋淋的大白菜。

小兔子（拎着红萝卜上）

（唱）我家有个老外婆，

　　　住在高高山冈上。

　　　风和日丽天气好，

　　　看望外婆上山冈。

　　　带上两只大萝卜，

　　　送给外婆尝一尝。

（蹦蹦跳跳准备出门，看看大白菜，放心不下。）啊呀，不对啊！我要是上了山，这菜园子谁来看管啊？这大白菜多鲜嫩呀，要是有个闪失，那才可惜呢！

［癞蛤蟆内喊］兔子姑娘，您不必犯愁，尽管去看外婆吧，菜园子我替您看着妮！

小兔子 啊？谁在说话，快快出来吧！

癞蛤蟆 不，我长得太难看了，不好意思见人，我怕吓着您哪！

小兔子 不要紧的，您还是出来吧！

癞蛤蟆 那我就出来了！（从大白菜后面跳了出来）兔子姑娘，
您好！

小兔子 （吓了一跳）啊呀，我的妈！你……你是谁？

癞蛤蟆 不要怕，我是癞蛤蟆！

小兔子 啊？就是想吃天鹅肉的那个癞蛤蟆？你走开！快快
走开！

癞蛤蟆 兔子姑娘，您别轻信谣言，我连一颗大牙都没有，做
梦都不会梦到吃天鹅肉的！

小兔子 不管怎么说，这么一副怪模样，一看就知道不是好人，
你走 吧！

癞蛤蟆 我虽然长得特丑，可心眼儿特好，我每天晚上为您看
管菜园，我是庄稼卫士……（花蝴蝶暗上）

小兔子 别说啦，别说啦，谁会相信你的鬼话！你这丑八怪，
快快滚开！

癞蛤蟆 （万般无奈）唉！

　　（唱）都怪我的爹和娘，

　　　　　生我这副怪模样。

　　　　　好事做了千千万，

　　　　　一片真情付汪洋。

　　　好吧，您不相信我，那我只好走了！（下）

花蝴蝶 （对兔子深深一鞠躬）兔子姐姐，您好！

小兔子 啊，您打扮得花枝招展的，真讨人喜欢，您是谁啊？

花蝴蝶 （舞姿翩翩地唱）

我叫蝴蝶心善良，

身穿五彩花衣裳。

姐姐若有为难事，

尽管找我来帮忙。

小兔子 嗯，一看您这俊俏的模样，我就猜出您一定是好人哪！

花蝴蝶 兔子姐姐，刚才那个丑八怪可坏透了，是个大骗子，还好您没上它的当。

小兔子 您都看到了？

花蝴蝶 我都知道了，您想出门，又不放心菜园子，是吗？

小兔子 对对对！

花蝴蝶 有我呢，您放心去看望外婆吧！外婆一定夸您是个孝顺的孩子呢！

小兔子 那我走了，多多拜托了！（下）

花蝴蝶 拜拜！（一个飞吻，见小兔子远去）哼，都说小兔子聪明，原来不过是个大笨蛋！孩子们！

［内应声，随即钻出若干小青虫。］

小青虫 （围着花蝴蝶）妈妈，妈妈，我们肚子饿了！

花蝴蝶 孩子们，妈妈给你们准备美餐了，你们看！（指着大白菜）

小青虫 哇！多水灵的大白菜啊！（一个个馋涎欲滴）

花蝴蝶 小乖乖，妈妈给你们望风，你们尽管吃吧！

［小青虫蜂拥而上，把大白菜糟蹋得千疮百孔，惨不忍睹。］

癞蛤蟆 （复上）刚才受了一肚子窝囊气，本想撒手不干了，可心里又过意不去，还是想到菜园子巡查一番。唉，

谁叫咱是庄稼卫士呢！——（警觉地）嗯，有情况！
（进菜园）

花蝴蝶 啊！是癞蛤蟆！你来干什么？

癞蛤蟆 执勤巡逻，我听到沙沙沙的咀嚼声，好像有谁在吃菜
叶呢！

花蝴蝶 少管闲事！你这丑八怪，再卖力也不会有谁理解
你的！

癞蛤蟆 理解不理解无所谓，保卫庄稼是我的天职！（张望，
花蝴蝶欲挡住视线，终究还是被发现）啊！大白菜被
糟蹋成这样啦！（扑上前去）

花蝴蝶 孩子们，快快逃命吧！（率小青虫逃下）。

癞蛤蟆 可怜的大白菜啊！要是小兔子回来该有多么伤心啊！

小兔子 （内喊）外婆，再见了，下回再来看您——

癞蛤蟆 啊呀！小兔子回来了，这事一时也说不清楚，它肯定
不会相信我的，我还是在洞中躲一躲吧！（躲下）

小兔子 （上，唱）

离别外婆下山岗。

牵挂菜园赶路忙。

来到园中抬头望，

（夹白）啊呀不好！

（接唱）大白菜果然遭了殃！

（喊）蝴蝶姑娘，蝴蝶姑娘——

花蝴蝶 （假装哭上）呜呜……兔子姐姐，您前脚刚走，扁嘴
巴的丑八怪后脚就到！

小兔子 噢，是癞蛤蟆！

花蝴蝶 这家伙蛮不讲理，把菜园子糟蹋成这副样子！呜呜呜，我对不起您啊……

小兔子 哎哎哎，别哭了，这事也不能怪您。都是这丑八怪，我一看就知道不是好东西！我一定要找它算账！

花蝴蝶 刚才我看见它吃得饱饱的，躲到这土洞中睡觉去了！

小兔子 哼！叫你瞧瞧我的厉害！（铲土封洞，用脚踩实）

花蝴蝶 （旁白）哈哈哈，真解恨哪！（偷偷下）

癞蛤蟆 （从大白菜后面闪出）闷死人了！谁封了我的前门啦？

小兔子 咦，你……你怎么又出来啦？

癞蛤蟆 还好有个后门，要不就没命了！兔子姑娘，您这是干吗呀？

小兔子 （指指大白菜）你干的好事！

癞蛤蟆 兔子姑娘，您弄错了，我是从来不会吃蔬菜的。您瞧瞧，我的嘴巴这么大，却没长一颗大牙，不可能咬出这么许多小洞洞的！

小兔子 那是谁干的？

癞蛤蟆 明明是花蝴蝶和她的孩子小青虫啊！

小兔子 什么？是蝴蝶姑娘干的？

癞蛤蟆 没错，让我当场抓住的。别看她模样俊俏，心眼可坏透了！

小兔子 难道这么漂亮的姑娘也会干坏事，我不相信！

癞蛤蟆 要是她以为我已经死了，我估计她还会再来的，咱们不妨躲在一旁看个究竟。

　　［兔子半信半疑，被癞蛤蟆拉下。］

花蝴蝶　（复上）孩子们，快来啊！

　　　　（唱）可笑兔子上大当，

　　　　　　　　天敌已除心欢畅。

　　　　　　　　大模大样进菜园，

　　　　　　　　饱餐一顿又何妨！

　　［小青虫一拥而上，争吃大白菜。］

癞蛤蟆　（急上，大喝一声）住口！你们都跑不了啦！

花蝴蝶　啊？你这丑八怪还没死啊？

癞蛤蟆　我的任务还没完成，怎么能死啊？

花蝴蝶　癞蛤蟆好哥哥，饶了我们吧！反正小兔子也不会相信
　　　　您的，您又何必认真呢？

小兔子　（跑了出来）不，我已经接受了教训！看人不能光看
　　　　外表。你是空有一张漂亮脸蛋，肚子里全是坏水！
　　　　癞蛤蟆虽然模样丑陋，可心地最善良，他是我真正的
　　　　朋友！

　　［癞蛤蟆撒网，网住小青虫。］

　　［花蝴蝶看着被捉的小青虫，垂头丧气，无可奈何逃下。］

　　［小兔子与癞蛤蟆紧紧握手。］

　　［定格。］

（剧　终）

小马过河（课本剧）

——根据彭文席先生同名寓言改编

［时间］一个春天的早晨。

［地点］森林里。

［人物］小马、老马、松鼠、老牛。

［幕启］老马上。一边为小马整理书包一边唱。

老马（唱）风和日丽春光好，

老马我今天起得早。

忙忙碌碌烧饭菜，

仔仔细细整书包。

等候宝贝儿子马小宝，

免得上学常迟到。

可怜天下父母心，

乐为子女修路又架桥！

啊呀，都快7点钟了，小宝怎么还没起床。（喊）小宝！快快起床，不然就要迟到啦。

小 马（上）妈妈，这么早把我叫醒，人家睡得正香呢！

老 马 孩子，妈妈把早餐做好了，你赶紧吃吧，书包也准备

好了，待会儿妈妈送你去学校。

小　马　不用了，妈妈。

老　马　什么不用了，要是路上遇见坏人，要是半路上下起雨
　　　　来怎么办，妈妈在身边也好有个照应。

小　马　妈妈！

老　马　行了行了，现在宝宝只要乖乖地吃早饭，妈妈帮你叠
　　　　被子去。

（欲入内室）

小　马　（拉着妈妈）您过来坐下吧，妈妈，我长大了，我要
　　　　独立！不能总是依赖妈妈！

老　马　哟唷！我的宝宝要独立，是不是打算不要妈妈啦？

小　马　不是这么回事，妈妈，我们课文都学过了，我背给您听：
　　　　妈妈请放开您春天一样温暖的手／让我独个儿在坎坷
　　　　的路上／磕磕碰碰向前走／别担心我会跌跤／即使摔
　　　　破细嫩的皮肉／我也不会拉着您的衣角哭泣／在风雨
　　　　里浑身发抖。

老　马　啊唷，妈妈可舍不得小宝摔破细嫩的皮肉呀！

小　马　妈妈，请你相信／我不是一只胆小的狗／在一次次摔
　　　　跤之后／我才能肩挑泰山走过九十九条沟／妈妈，亲
　　　　爱的妈妈／请松开您慈爱的手／让我踩着坚定的土地／
　　　　跟困难和胜利交朋友。

老　马　得了得了，妈妈说不过你，先吃饭吧，上学可不能迟到。

小　马　今天是星期六，双休日啊！我要帮妈妈做事！

老　马　今天是双休日？妈妈都给忘了——既然宝宝坚决要帮妈

妈做事，证明你已经长大，妈妈当然很高兴。（拿出一袋麦子）喏，我这儿有半口袋麦子，你把它驮到磨坊去吧。

小　马　（手舞足蹈）耶！我能帮妈妈干活啰！

（跑出门外）

老　马　瞧这孩子，如今变得懂事了，我也就放心多了。（欲下）

［小马驮麦回，低着头。］

老　马　（转身一看）咦？小宝是不是后悔了？

小　马　才不是呢！只是您还没告诉我磨坊在哪儿呀！

老　马　哦，怎么把这事儿给疏忽了。瞧，你只要沿着这条路走过树林，走过一座独木桥，磨坊也就不远了。还有，记住，路上当心，我做好中饭等着你，去吧孩子！

小　马　（一本正经地）Yes, madam！（老马下）

［小马圆场，蹦蹦跳跳穿过树林，走上独木桥。］

（唱）今天天气好晴朗，

处处好风光，好风光。

蓝天白云任飞翔，

沐浴着阳光雨露我苗壮成长！

（白）蝴蝶妹妹，我今天能帮妈妈做事情了，我太高兴了！咦，我又听见了流水声。哗哗哗，哗哗哗，多动听呀。

（唱）小河流水哗啦啦，

唱歌跳舞弹吉他。

我想下水蹚过河，

不知河水深浅不敢下。

进退两难怎么办——

老　牛　（慢慢上）哞——

小　马　是牛伯伯！救星来啦！

　　　　（接唱）让我问问牛伯伯他老人家！

　　　　（喊）牛伯伯（招手）

老　牛　是小马呀，这么早出门干什么去啊？

小　马　我今天帮妈妈把麦子驮到磨坊去，可是这条小河挡住
　　　　了我的去路，请您告诉我，这条河，我能趟过去吗？

老　牛　哈哈哈，当然可以，河水很浅很浅，我刚才趟过小河来。

小　马　知道了，谢谢您，牛伯伯！

老　牛　不用谢，你只管下河吧！（下）

　［小马立刻准备下河。］

松　鼠　（急上）救命呀，有人要寻死啦！

小　马　谁……谁要寻死？

松　鼠　你呗！

小　马　我？

松　鼠　小马哥哥听我说，这河水深得不得了，你一下水肯定
　　　　会没命的！

小　马　这……这……

老　牛　（复上）小马，怎样还没下水，小小男子汉，要勇敢
　　　　点儿！怎么扭扭捏捏像个娘儿们！

　［小马又欲下水。］

松　鼠　（忙阻止）小马哥哥！别过河，河水会淹死你的！

小　马　水很深吗？

松　鼠　当然啦！昨天，我的一个小伙伴就是掉在这条河里淹

死的！

〔小马连忙收住脚步。〕

老　牛　小马别犹豫了，水很浅很浅，刚没到小腿，你能趟
　　　　过去的。

松　鼠　小马哥哥你看这水多急呀，哗——哗——，你一下水
　　　　就会被淹死？

小　马　牛伯伯，我……

老　牛　真没出息，一点小事，前怕狼后怕虎的，牛伯伯可要
　　　　走啦！（生气地下）

小　马　可……松鼠……它说……（万般无奈）唉！

　　　　（唱）松鼠的话儿很诚恳，

　　　　　　　它说河水会淹死人。

　　　　　　　牛伯伯说得也真诚，

　　　　　　　它说河水不很深。

　　　　　　　呜——呜——

　　　　　　　到底谁的话儿我该信？

　　　　　　　唉，还是回家问一问！

　　　〔过独木桥回家。〕

小　马　（敲门）妈妈——

老　马　（上）小宝，你回来啦，粉磨好了吗？

小　马　没……没有，有一条小河挡住了，过……过不去。

老　马　那条河不是很浅吗？

小　马　是呀，牛伯伯也这么说，可是松鼠说河水很深，还淹
　　　　死过它的伙伴呢，我一急就……就回来了。

老　马　那到底是深还是浅呢？你仔细想过它们的话吗？

小　马　（低下头）没……没想过。

老　马　孩子，光听别人说，自己不动脑子，不去试一试，那怎么行。你去试一试，不就明白了。

小　马　（高兴地）哦！我怎么没想到呢！（叨念着、比画着）牛伯伯这么高，它说河水很浅，松鼠弟弟这么小，它说河水很深……哈哈，我知道啦，（对观众）小朋友们，你们明白了吗？GO！妈妈我走了！（老马下）

〔小马哼着小曲向小河走去。〕

（唱）妈妈的话儿我听仔细，

亲身体验长才智。

欲知河水深与浅，

必须下河试一试。

〔准备过河。〕

松　鼠　（急忙上）小马哥哥，你……你不要命啦！

小　马　让我试试看，今天我一定要亲自下水！（下水试探）

松　鼠　快来人呀，救命啊，马婶婶，快救救你的孩子吧！（十分着急地跑向小马家）

〔小马轻松趟过了河。〕

小　马　哦！过来了，我终于明白了，磨粉去啰！（高兴下）

松　鼠　（着急地敲门）马婶婶快开门呀！

老　马　（上，开门）小松鼠你……

松　鼠　小马哥哥它……它快被河水淹死了。

老　马　（惊奇）啊？河水不是很浅吗？

松　鼠　不是很浅，而是很深的，快，快跟我来！

［松鼠带着老马过桥，来到河边。］

老　马　小宝，妈妈来了，你在哪儿呀？

松　鼠　马婶婶，小马哥哥它……它一定淹死了，呜呜——都怪我没有拉住它。（哭泣）

［老牛上］

老　马　牛先生你有没有看见我的小马？

老　牛　喏，它来了。

［小马背着磨好的粉高兴地上，过河上岸］

小　马　妈妈！你什么时候来的，瞧！这是磨好的粉！

松　鼠　（惊喜）小马哥哥，你没死呀！

小　马　哈哈，怎么会呢，原来这河水既不像牛伯伯说的那样浅，也不像松鼠弟弟你说的那样深。

老　马　小宝，你试过了？

小　马　试过了，要想得真知，就要亲自试一试！

老　马　说得好，孩子，你真正长大了。

松　鼠　这怎么可能，昨天我亲眼看见我的朋友在这条河里被淹死的，小马哥哥却平安无事。

老　牛　咦，奇怪，河水明明很浅很浅，小马为什么说不像我说的那样浅呢？咦，小朋友们，你们说这到底是怎么一回事啊？

（幕落）

　　（本文获浙江省第三届校园戏剧创作二等奖、表演一等奖）（与裘晓缘合作）

人鱼姑娘

——根据双羽同名童话改编

[**时间**] 猴年马月

[**地点**] 滨海小镇

[**人物**] 人鱼姑娘、好心人、龟丞相、代言人

[**幕启**] 代言人上

代言人 小朋友们好！今天表演的校园剧是根据张鹤鸣先生的同名童话改编的，讲的是人鱼姑娘和年轻的好心人的故事，故事发生在猴年马月的一个滨海小镇里，小镇的酒家有一个打工的年轻人，虽然生活很艰难，但坚持做好事，所以人们都叫他"好心人"，瞧，好心人来了，你们看，他手里捧着一个大鱼缸，他想干什么呢？

好心人 喂，您是谁啊，叽里呱啦，好像在说我吗？

代言人 我是本剧的代言人，需要我的时候，我可以代表作者上场与朋友们交流。刚才，我正在说你呢，现在你上场了，就由你自己表演吧，我先闪了！（下）

好心人 大家好！我是咱们小镇汇宾酒家的打工仔。今天渔民刚刚网上来无数海鲜，一大早就送到酒家来，其中有一条鱼七彩斑斓，非常可爱。还偏有大老板非要高价买下烧了下酒，多可惜！我抢先要买下来放生，老板说："想买它也可以，你要白白为我打工半年，这条鱼儿就送给你放生！"这老板也够狠心的，算了，半年就半年吧，反正力气是自己的，先救这鱼儿要紧啊！

（端起鱼缸）诺，就是它！多可爱啊，怎么舍得让人下酒呢！哦，对了，折腾得这么久，鱼儿一定饿坏了，我先去买点鱼食再说。（把鱼缸放在家中，匆匆下。）

［一阵烟雾，鱼儿幻化的姑娘脱下鱼鳞外衣，随手放在一边。］

人鱼姑娘 这真是个好心人啊！半年白白替人家打工就为了把我买下来放生。这等救命之恩我该怎么回报呢？对了，以前听妈妈讲过陆地上《田螺姑娘》的故事，我也可以像田螺姑娘一样，每天为这位好心人烧菜、做饭、整理家务，让他每天只需安心工作，不要为家庭的琐事而费心。

［打扫房间，收拾桌凳，然后变出了各类海鲜食材，为好心人做了一桌美食。做好这一切，人鱼姑娘听见了院子里有脚步声。赶紧穿上鱼鳞外衣躲了起来。］

好心人 （上。看见家里收拾得井井有条，还摆着一桌子的美食，大吃一惊，揉了揉眼睛）哇，这真的是我家吗？是谁帮我收拾的？（向内问：隔壁大娘，是您帮我收拾的吗？内答：不是啊。）这就奇怪了，除了大娘以外，还有谁能帮我收拾？我再问问看（向内喊：对门大婶，

是您帮我烧的饭菜吗？内答：没有啊，我自己家的事都忙不过来呢！）好，我再问问左右邻居，一定要查个水落石出。（下）

代言人 （上）一连三天，人鱼姑娘天天为好心人献爱心，可好心人一直不知道是谁做的。其实，人鱼姑娘是东海龙宫里的小公主，它失踪以后，惊动了整个龙宫，龟丞相奉命寻找人鱼姑娘，经过多方打探，终于查到人鱼姑娘的下落，它趁无人之际，悄悄为人鱼姑娘带来龙宫的信息。看，龟丞相来了——（下）

﹝龟丞相上。﹞

龟丞相 人鱼公主，总算找到你了！不好了，你失踪以后，母后日夜思念，病得不轻，赶紧回一趟龙宫吧！

人鱼姑娘 （从里屋出）龟丞相辛苦了，感谢您为我带来了龙宫的信息！母后病了？我本该速速回宫，但我还没有回报我的救命恩人呢！

龟丞相 （气急败坏）还管什么救命恩人，你失踪以后，母后就生病了，现在恐怕快要不行了，还等着你回龙宫见上最后一面呢！

人鱼姑娘 （着急）那怎么办，母后对我有生养之恩，好心人对我有救命之恩，两者对我都很重要，我都不能辜负。

龟丞相 （看着人鱼姑娘满脸着急的神色，拿出一颗夜明珠）你先用夜明珠跟你母亲报个平安吧！

人鱼姑娘 （看着夜明珠上母后的映像，声音有些哽咽）母后，对不起，都怪女儿贪玩，到了浅水区，被渔夫网住了，我被卖到了酒家，差点成了别人的下酒菜，幸亏我遇到了一个好心人，他救了我。为了报答他的救命之恩，我想暂时留在陆地，让母后操心了。

[母后画外音：儿啊，你懂得知恩图报，母后很高兴，但母后日夜思念女儿，一病不起。你报恩以后，要速速回宫！]

人鱼姑娘 女儿记下了！（响起脚步声）

人鱼姑娘 有动静，我们先回避吧！（龟丞相下，人鱼姑娘躲下）

好心人 （上）奇怪！左邻右舍都问遍了，还是不知道是谁为我献爱心。（寻找蛛丝马迹，发现鱼鳞外衣）咦，鱼鳞外衣？是谁的鱼鳞外衣？哦，我的鱼儿呢？嗯，可能正是我的鱼儿为我献爱心呢！她是人鱼姑娘吗？人鱼姑娘，快快出来！我已经知道是你在帮我啦！这几天，都是你在帮我烧菜做饭，收拾房间吗？

人鱼姑娘 （现身）是的，我的救命恩人！我这是为了报答您的救命之恩啊。我本生活在龙宫里，因为贪玩不听母后的话，不小心被渔民捕获，然后被你所救。为了表示感谢，我就学着田螺姑娘的方式来报恩的。

好心人 这样啊，如果你不嫌弃我贫穷，就请你留下来好吗？我正好缺一个帮手，而且……而且男大当婚女大当嫁，你留下来正好咱俩做个伴。

人鱼姑娘 谢谢您，好心人，我确实很愿意留下来的，但留下来就只有三年寿命了。

好心人 三年就三年，只要能和你在一起，就是活三个月我也

愿意!

人鱼姑娘 不是你会折寿，而是我，因为不适应陆上生活，如果在龙宫，我们都可以享受三百年寿命，而在陆地上，我就只能勉勉强强活三年。况且你我是异类，异类相交是不会有好结果的，没有子孙后代，不可能有美好的未来啊!

好心人 哦，如果只是我一个人受到惩罚，就是粉身碎骨我也心甘情愿;但是现在被伤害的是你人鱼姑娘，我于心何忍? 我一定当机立断，毫不迟疑地送你回宫!

人鱼姑娘 好心人，谢谢您的理解! 我会报答您的，我会永远怀念您的!

［龟丞相急急忙忙上。］

龟丞相 人鱼公主，你赶紧跟我回海宫吧，你母后快不行了!

人鱼姑娘 好心人，这是龙宫的龟丞相（二人相见），它捎来了母后病危的消息，我马上要走了，可我要怎样报答好心人的救命之恩呢?

龟丞相 （卸下自己的龟壳）这个龟壳赠予您，千年老王八的壳价格不菲呢，您可以卖了它，早些买房成亲吧!

好心人 这怎么行? 您把龟壳送给我，那您自己……

龟丞相 我多晒晒太阳就能长出新的来了，你不用担心。

人鱼姑娘 （脱下鱼鳞衣，递给好心人）这件鱼鳞外衣给你留作纪念吧，紧急时也可以拿它换钱的!

好心人 这两件宝物太贵重了，我可承受不起啊，而且我不是施恩图报的小人，我只是不想看见一个可爱的生命香

消玉损罢了，你能回归龙宫与亲人团聚，就是对我最
好的回报啊！

人鱼姑娘 我们敬重您，正是因为您是施恩不图回报的好心人；
但知恩图报是母后一向的教导啊！

龟丞相 是啊，王后再三交代，让我把这颗夜明珠也留给恩人。

人鱼姑娘 如果想我了，随时可以按下开关，咱们就近在咫尺
了……

好心人 多谢王后，多谢二位！（依依惜别）

〔龟丞相催促人鱼姑娘急匆匆下。〕

代言人（上）就这样，人鱼姑娘和龟丞相回归海宫，而好心
人也用龟壳换钱盖房、娶妻、生子。直至今日，好心
人都没有忘记通过夜明珠天天与人鱼姑娘聊天呢！好
了，演出到此结束。大家谢幕吧！

剧 终

（与陈澳合作）

火凤凰

——根据杨啸寓言诗《凤凰鸟王的来历》改编

[**时间**] 某年秋天

[**地点**] 大森林里

[**人物**] 凤凰、孔雀、雄鹰、百灵、喜鹊、代言人

[**幕启**] 代言人（上）

代言人 大家好，我是这个小剧本的代言人，这个小剧本是根据杨啸先生的寓言诗《凤凰鸟王的来历》改编的，我代表编剧随时和大家交流。这个故事发生在大森林里：某年秋天，落叶满地，鸟儿们正在议论着什么，瞧它们来了，不多说了，我先闪了。（下）

[孔雀、雄鹰、百灵和喜鹊同上。]

孔　雀 历来都是老虎做森林之王，老虎只不过是走兽大王，今天正好大伙儿都在一起，我们评选一位最优秀的鸟儿，做我们飞禽的大王怎么样？

喜　鹊 这个点子不错，就这样办吧。

百　灵 这个主意倒是不错，可是要选最优秀的鸟儿做鸟王，怎样的鸟儿才算是众鸟中出类拔萃的呢？

雄　鹰　我不就是一个现成的榜样吗？我有一对无比矫健的翅膀，一展双翅，便能飞上高高的云天，如果这鸟王由我来当，人呀兽呀都得把我们鸟儿钦慕，怎么样，大家推举我来当鸟王吧！

孔　雀　不对不对，你的翅膀虽然矫健，可灰不溜秋的，难看死了，不如我的翅膀七彩斑斓。请问，你们当中，有谁的羽毛比我更美丽？你们可曾看见过孔雀开屏吗？哦，曾经迷倒过多少路人啊！要是这鸟王让我来做，定会给我们鸟国增添无上的荣光的。

百　灵　孔雀的话太离谱了吧？你的羽毛虽然美丽，但你的叫声太难听了，怎比得上我的歌声悠扬悦耳，既能赛过金铃，更能赛过银铃，如果这鸟王的大位让给我，那么鸟国定会闻名遐迩，无上光荣，所以我才是最合适的人选呢！

喜　鹊　哎，说来说去，你们都没有说到点子上。你们充其量只能让国家光荣啊，扩大影响啊等等，其实，一个国家只有平平安安、喜气洋洋才是最最重要的。我喜鹊善于报喜，到哪儿便会给哪儿带来喜气，如果让我来做鸟王，那么鸟国永远会大吉大利，没有争斗，没有灾祸，我会给王国带来一派祥和温馨景象，所以我才是做鸟王的最佳鸟儿！

代言人　（上）孔雀，百灵，雄鹰，喜鹊，你们都争着要做鸟王！孔雀，你说自己的羽毛最美丽？（孔雀：不错！）雄鹰，你说自己的翅膀最矫健？（雄鹰：对！）百灵鸟，你说自己的歌声最优美？（百灵鸟：是的！）喜鹊，你

说自己会带来喜讯？（难道不是吗？）那么，到底谁才是鸟儿中最优秀，最适合当鸟王的呢？（众鸟争抢）好了，好了，都不用争了，请大家接着往下看吧！（下）

凤　凰 （上）大家好，你们都在聊什么啊？聊得那么热闹，加上我一起聊，好吗？

百　灵 好啊。我们正在讨论谁适合做鸟王，讨论谁才是鸟王的最佳人选呢？

雄　鹰 凤凰，你赶快走吧，你根本就不配做鸟王，你们既没有我这样矫健的翅膀，又没有孔雀那样美丽的羽毛，你不但没有百灵那样的歌声，而且不像喜鹊那样可以带来喜气，你根本就没有资格做鸟王，你走开！

孔雀、喜鹊 是啊，你根本不配做鸟王，更没有资格跟我们站在一起。

凤　凰 （谦虚）是的，我哪里都比不上你们，但是我希望你们听我一句劝：其实真正的鸟王应该有高尚的品质，德高望重的国王才能把王国治理得国泰民安。那些美丽的外表都是次要的。

孔　雀 （思考，点点头）嗯，我认为凤凰说得有道理，不如让凤凰你留下来做我们的裁判吧，我们要公平竞争。

雄　鹰 如果不看外表只看品质，那我就更有胜算，你看现在是秋天，落叶满地，如果这里发生火灾，我一定会第一个冲上去扑火，确保大家平安。

百　灵 我也是，如果发生了火灾，我也能挺身而出，赴汤蹈火，在所不辞！

孔　雀　我也觉得想当鸟王必须德高望重，要是我当上了鸟王，为了子民们的安全，别说是火灾，就是上刀山下火海都不在话下！

喜　鹊　这样说起来，真正的鸟王非我莫属。我会为王国的安危随时做出牺牲的准备，火灾算什么？根本不值得大惊小怪的！

〔幕后喊声：不好了！森林失火了——（呼呼风声，天幕上熊熊烈火燃烧的惨烈景象……）〕

雄　鹰　不好了，不好了，大森林里真的闹火灾了，大家快跑吧！（下）

孔　雀　快跑吧，还是保命重紧，鸟王我不当了，让给你们吧（下）

喜　鹊　生死关头，我也不想当鸟王了！百灵，凤凰，这么好的机会就让给你们吧。（慌慌张张下）

百　灵　刚刚还信誓旦旦，怎么一转眼都成孬种了？好，孬种就孬种，别走啊，等等我啊——（追下）

凤　凰　这些贪生怕死的家伙，还想着当鸟王！趁现在山火刚刚燃烧，赶快救火吧！（扑进烈火中，搏斗，挣扎……下。）

代言人（上）当山火真的来临时，那些满嘴豪言壮语的鸟儿们早就逃之夭夭了，只有勇敢的凤凰扑进熊熊烈火之中，凤凰被烧得焦头烂额，但凤凰在烈火中获得了新生。我们再来看看孔雀，喜鹊，雄鹰和百灵鸟吧，它们有没有愧疚之心呢？（下）

凤　凰　（披着彩色的披风上）哦，我又得到新生了吗？

〔孔雀、喜鹊、雄鹰和百灵同上。〕

孔　雀　哇，好美呀，比我的羽毛好看多了，鸟王的宝座应该
　　　　属于凤凰啊！

百　灵　是的，凤凰不仅美丽，而且完全具有当鸟王的品质，
　　　　我双手赞成。

雄　鹰　我也甘拜下风，不但支持，而且愿意为凤凰效力！

〔凤凰、孔雀、百灵、喜鹊和雄鹰一同下跪欢呼：吾王万岁！
万万岁！〕

代言人（上）浴火重生的凤凰不仅品德高尚，而且仪表堂堂，
　　　　神采飞扬，它当之无愧地成了百鸟之王！好了，演出
　　　　到此结束，演员们谢幕吧！

剧　终

（与林翔仪合作）

黄鼠狼出家

——根据杨啸先生同名寓言诗改编

[时间] 猴年马月

[地点] 黄鼠狼的庙堂里

[人物] 黄鼠狼、母鸡、鹌鹑、小鸡、小鹌鹑、代言人

[幕启] 代言人上

代言人 观众朋友们，大家好！今天我们表演的短剧是《黄鼠狼出家》，这是根据中国当代寓言家杨啸先生的同名寓言诗改编的。——什么？你们问我是谁吗？我是"代言人"，因为这是代言体寓言剧，需要安排一个代言人，负责与观众朋友们沟通交流，便于大家理解剧情，了解作者的意图。我会随时上来与朋友们聊天的。比如这个短剧叫《黄鼠狼出家》，奇了怪了，黄鼠狼伤害了许多小动物，怎么突然要出家了？真的假的？

黄鼠狼 （边应边上）当然是真的！出家怎么还会有假的，你们以为我吃饱了撑的啊？

代言人 好。既然演员上场了，那就由他们自己表演吧，我先闪了！（下）

黄鼠狼 哎，都怪我呀，都怪我以前做了太多的坏事。这不，都改邪归正要出家了，别人还不相信我。好了，我要好好去打扮一下，真正像个出家人的样子，这才能让别人相信我真的出家了。（下）

鹌　鹑（上）（大喊）母鸡婶婶，母鸡婶婶，您在吗？

母　鸡（上）鹌鹑，鹌鹑，我在这呢。

鹌　鹑（兴奋）哎哟，可算找到你了！

母　鸡 找我有什么事吗？

鹌　鹑 当然了，当然有事了，而且还是大事呢！我告诉你一个好消息：我听说黄鼠狼要出家了，以后再也不欺负小动物了。对了，最好的消息就是它以后再也不吃肉了，就像和尚那样只吃素了！

母　鸡 切，我才不信呢，我的丈夫就是被黄鼠狼吃掉的。还有啊，黄鼠狼这一招都用过好几次了，你这死脑筋，还会上当？

鹌　鹑 这次可能是真的呀，这个消息广播电台都宣传了好几天了，你还不相信啊？

母　鸡（怀疑）鹌鹑，难道真有此事？黄鼠狼那么坏，不会真要出家吧？

鹌　鹑 就算黄鼠狼以前作恶多端，难道就不能改邪归正吗？我们就再相信它一次，再给它一次机会吧。

母　鸡 好吧，听你的，我暂且再相信他一次吧。

（幕后广播声）黄鼠狼先生近日宣布，它要出家了，不再伤害小动物了。想不到，黄鼠狼先生要悔改了，为此，它感到他以前的行为罪大恶极，它真诚地对被它伤害过的小动物谢罪，让我

们用热烈的掌声鼓励黄鼠狼先生改过自新吧!

鹌　鹑　这回你总该相信了吧。最近无论是电视上，报纸上，还有广播电台，头条新闻就是黄鼠狼出家这件大事呢。

母　鸡　但愿黄鼠狼真的能够改邪归正，这样世界上就少了一个坏蛋，多了一个好人了。

鹌　鹑　那咱们一起去看看刚刚出家的黄鼠狼吧! 如果是真的，咱们就把孩子送过去跟它修行。

母　鸡　好的。（同下）

黄鼠狼　（上）（身上披了袈裟，把一串玛尼珠子捧在手里）
　　　　呢呢嘛嘛呢呢嘛嘛……（母鸡，鹌鹑领着孩子上）

母　鸡　黄鼠狼，你曾经吃了我的丈夫，现在还装慈悲，依我看你是假装的吧?

鹌　鹑　母鸡婶婶，看样子是真的!

黄鼠狼　呢呢嘛嘛，呢呢嘛嘛……母鸡大婶，我以前吃了你的丈夫我正在深深忏悔，我有罪，我罪该万死啊! 我向你赔罪! 请你能够原谅! 为了表示诚意，我这里还有两个招徒的名额，你们的孩子也可以报名。我很愿意收它们为徒。

鹌　鹑　好好好，黄鼠狼先生，我的孩子要报名!

黄鼠狼　好的，那么母鸡大婶呢，您的孩子要报名吗。名额可只剩下一个了哦。

鹌　鹑　（着急）哎呀，母鸡婶婶，您的孩子就快报名吧，这样，我的孩子也好有个伴呀! 再说了，两个人在一块也不会有事的，你就快报名吧。

母　鸡　（犹豫不决）哦，好的，黄鼠狼先生，我的孩子也要报名吧。

黄鼠狼　（高兴）你们把孩子交给我，你们大可放心，你们可以走了，我要把它们好好度化，你们慢走，我就不送了。

［母鸡，鹌鹑下。黄鼠狼教小鸡，小鹌鹑念经南无阿弥陀佛。］

小　鸡　（敲着木鱼）呢呢嘛嘛，呢呢嘛嘛，南无阿弥陀佛……

小鹌鹑　（敲着木鱼）呢呢嘛嘛，呢呢嘛嘛，南无阿弥陀佛……（敲着木鱼）

小　鸡　（不耐烦）哎呀，师傅无聊死了，一直念南无阿弥陀佛的，真没劲。

黄鼠狼　你可知道这句话的意思吗？

小　鸡　不知道。

黄鼠狼　这句话的意思是南方没有佛，所以南方的菩萨是假的，南方的和尚也是假的，只有我黄鼠狼是高僧，是活佛，这下明白了吧？

小　鸡　不会吧，谁说南方没有阿弥陀佛？师傅骗人！

黄鼠狼　你竟然敢这样说话，看我怎么收拾你！（拎起小鸡）

小　鸡　不要啊！师傅，你都出家了，还这么凶！（黄鼠狼抓小鸡下。小鹌鹑跟在后面偷看。）

［幕后传来哭喊声：啊！师傅，师傅饶命啊，饶命啊！（小鹌鹑欲偷偷逃跑）］

黄鼠狼　小鹌鹑，你干吗要逃？你可都看见了？

小鹌鹑　（害怕）嗯，我都看见了，我害怕……

黄鼠狼　我最后问你一遍，你真的都看见了？

小鹌鹑 （更加害怕）嗯，我都看见了，小鸡死了，你放过我吧！

黄鼠狼 你看见不该看的事，你去死吧！

［恶狠狠抓住小鹌鹑下。幕后传来惨叫声。］

［母鸡，鹌鹑上。］

黄鼠狼 （慌慌张张，上）母鸡大婶，鹌鹑姐姐，你们怎么来了？

母鸡 我们还是有点不放心，想来看看孩子，不会有什么闪失吧！哦还顺便给您送枣来了。

黄鼠狼 送枣？送的是什么枣？

母鸡 送的是"囫囵吞枣"，无核，如果你能一口吞下，我就相信你真的出家了。

黄鼠狼 （旁白）这有什么难的？好，你看（吞枣）现在你总该相信我真的出家了吧？

鹌鹑 母鸡婶婶，你真好！黄鼠狼曾经害死了你的丈夫，你还给它送枣，真难得！

母鸡 应该的，谁叫咱们的孩子还在它手中呢——黄鼠狼师傅，先让我们看看孩子吧！

鹌鹑 对对对，先让我们看看孩子吧！

黄鼠狼 是想要看孩子是吧，孩子已经交给我的师兄了，师兄的本领比我高强，他会把孩子培养成高僧的。现在已经上飞机了，我刚把所有的徒弟都送上飞机了，你们晚了一步。

母鸡 （对鹌鹑轻声说话）这个黄鼠狼一定有什么事情瞒着我们，说不定我们的孩子已经被它吃掉了。

黄鼠狼 孩子真的已经走了，你们要是想见孩子，就等明年吧，

明年孩子们就会回来了。

母　鸡　既然孩子们已经走了，那我和鹌鹑就在这里好好参观参观。

鹌　鹑　是啊，我也想要参观一下，不知黄鼠狼师傅可以吗？

黄鼠狼　（结结巴巴）哦，不、不、不可以的，里面还有徒弟在练功，你们进去会打扰他们的。

鹌　鹑　是吗，你刚才不是说所有的徒弟都上飞机了吗？怎么里面还徒弟呢？

母　鸡　对啊，你一定有阴谋，你越是不让我进去，我们越要进去。

（母鸡把黄鼠狼推开，往里走。母鸡和鹌鹑看见地上的羽毛大哭起来）

母　鸡　（和鹌鹑同哭）哇啊啊，哇啊啊，我们的孩子啊，我们的孩子死得好冤啊！

母　鸡　黄鼠狼，我与你拼了！

鹌　鹑　黄鼠狼，我也与你拼了！

黄鼠狼　看来你们已经知道真相了，那么你们也别想活了！

（黄鼠狼凶相毕露猛扑过来，鹌鹑连连后退，母鸡神态自若地掏出"遥控板"）

母　鸡　黄鼠狼，谁先死还不一定呢。

黄鼠狼　怎么讲？

母　鸡　你知道刚才我给你吃的是什么枣？

黄鼠狼　你说是"囫囵吞枣"吧？

母　鸡　里面包着一个微型炸弹，我只要按一下遥控板，你就会死了!

黄鼠狼 （大惊失色）啊? 别别，我向你赔罪还不行吗?

鹌 鹑 母鸡婶婶，您太聪明了!

母 鸡 对付这种坏蛋，就要多一个心眼!

［黄鼠狼趁它们说话时赶紧溜下。］

母 鸡 你跑不了的，我们马上向黑猫警长报警!

鹌 鹑 母鸡婶婶，您什么时候买的微型炸弹啊?

母 鸡 （悄声）骗它的，哪里有什么微型炸弹!

鹌 鹑 那你这遥控板? ——

母 鸡 什么遥控板，是我刚买的手机啊!

鹌 鹑 母鸡婶婶，您太有才了。（定格）

代言人 （上）观众朋友们，看了这个短剧，您有什么启发吗，
比如说对那些伪装的坏蛋不能轻信啊，是吗? 好了，
演出到此结束，大家都来谢幕吧! （众演员谢幕）

剧 终

（与林翔仪合作）

儆 猴

——根据凡清同名寓言改编

[时间] 猴年马月

[地点] 耍猴人家

[人物] 耍猴人、猴哥、猴弟、公鸡、代言人

[幕启] 猴哥躺桌上睡觉。代言人上（幕后传来公鸡打鸣声）

代言人 听到了吗？公鸡正在打鸣呢，它以为主人买它只是为了每天打鸣，其实错了，主人买它是为了杀他！杀它并不是为了吃它，而是为了教训猴子，这就叫杀鸡儆猴，向来如此。好吧，不多说了，我是本剧编剧的代言人，一会儿再与朋友们交流，现在要暂时离开了，让演员们自己上场表演吧！（下）

（公鸡再次打鸣）

猴 哥 （被吵醒，生气地）吵什么吵？一大早鬼叫鬼叫的，惊醒了我的好梦，你不想活了？！

公 鸡 （上）每天打鸣是我的天职，我尽心尽力，有什么不对的？你有你的职责，我有我的职责，咱们都不应该偷懒啊。

猴　哥　嘿，你倒教训起我来了！我问你，你的职责是什么？不会是天没亮就鬼叫鬼叫的，就是为了惊醒我的好梦吧！

公　鸡　不是的，那是打鸣，我每天三次打鸣，迎接太阳公公升起，提醒人们早些起来干活呀！

猴　哥　我不管这些！在这儿的主人家，你的职责并不是打鸣，你可要记住！要是惹恼了我，信不信我会让主人惩罚你，甚至要你的命！

公　鸡　我好端端的，你有什么本事让主人惩罚我呀？

猴　哥　（神秘兮兮地）告诉你一个秘密：只要我不乖，不听主人的话，主人肯定会打你！

公　鸡　哈哈哈，你肯定在骗人！你不乖，你不听话，主人要打要骂也当然是你啰，怎么会惩罚我呢？难道主人吃错药了吗？

猴　哥　告诉你，向来都是这样的，你不仅会挨打，我犯了大错，主人还会杀了你！

公　鸡　什么？你吓唬谁呀？我不信！

猴　哥　信不信由你。其实，我真的没有吓唬你，从来都是这样的。在你之前，主人已经杀了十只大公鸡，你是第十一只，你也免不了被杀的下场！你知道主人为什么打你们公鸡，而不打我们猴子吗？因为主人调教一只猴子不容易，而且我们猴子曾经帮助主人赚过很多钱，主人才舍不得打猴子呢，为了教训猴子，就只好拿你们鸡来出气了。不瞒你说，你的许多同类都是好端端

被主人活活打死的！

公　鸡　怎么可能会这样！你简直是满口胡言，我才不相信你的鬼话呢！

猴　哥　好，我告诉你这个秘密你竟然以为我在撒谎，好，要是你不信，等会儿走着瞧！够你受的！

耍猴人（上）你们在争论什么呢？快快准备一下，表演快要开始了，这场演出非常重要，许多大人物也来捧场，千万别演砸了！好！表演猴王登基的新剧目开始了！（敲锣）走过、路过、千万不要错过！今年是猴年，猴王登基的新剧目开演啰——（打开箱子，取出王冠和太监帽，公鸡咯咯大笑）

猴　哥　（无精打采地上场表演，故意把帽子掉地上）哎呀，我还没睡醒呢！（假装出错）

〔耍猴人很生气，举起鞭子想打猴子，最终，还是打在鸡屁股上。鸡哭喊起来。猴哥猴弟赶紧老老实实表演起来。一会儿又故意出错，耍猴人喊：激动人心的时刻到了，请看猴王登基——猴哥表演登基时，故意把王冠戴在猴弟头上，自己戴上太监的帽子。观众响起倒彩声："什么玩意儿？""怎么会是太监登基呀"……

耍猴人（生气）今天怎么演得这么烂？是不是故意的？（举起鞭子吓唬猴子，而最终还是打在鸡屁股上。）〕

公　鸡　哎呀痛死我了，主人呀，明明是猴子不听话，为什么要打我屁股呢？

耍猴人　别多嘴！你欠揍啊？（公鸡连连求饶，不敢再说什么。）

猴　哥　哈哈哈，臭公鸡，现在你相信了吧？要是我犯错，挨打的肯定是你。要是我犯下了大错，主人就要砍了你的脑袋！

公　鸡　咦！怎么会有这样的规矩呢？这太不公平了！

猴　哥　什么公平不公平的，从来都是这样的规矩，你是少见多怪！

耍猴人　演出继续——（猴哥猴弟表演了一会，耍猴人让它俩脱下帽子去向观众讨钱，它俩故意把帽子摔在地下，用脚踩踏。耍猴人举起鞭子吓唬猴子，猴哥干脆捡起帽子撒一泡尿，猴弟也学样）

耍猴人　（气急败坏，举起鞭子，又拿出一把菜刀）太不像话了！

猴　哥　臭公鸡，这下你可死定了，看来，你的脑袋要搬家了！

公　鸡　这可怎么办？你、你、你太坏了，干吗要惹主人发火呢？

耍猴人　（怒不可遏地）看来，今天不给你点颜色瞧瞧，你是存心要与我作对了？（一鞭子打在猴哥屁股上）

猴　哥　咦咦？主人，鸡屁股在那边，您怎么舍得打猴屁股啊？

耍猴人　今天我算是清醒了，所以该打的正是猴屁股！

猴　哥　猴屁股都这样难看了，再打烂它，我更加没脸见人了。

耍猴人　我不管，你敢不听话，敢反抗，我就敢打，甚至敢砍你脑袋！你信不信？（狠狠一鞭子打在侯屁股上）

猴　哥　哎哟哟，痛死我了！啊！反了反了，如果我犯错了！老主人向来是责打公鸡的啊！你今天怎敢打起我猴子来了！

耍猴人　哎，都是我们的错，从我老爹开始，我们一向都是用

惩罚公鸡来教训猴子。杀鸡儆猴曾经收到一定效果，但现在这个办法已经被你识破了，所以你不再听我指挥，甚至故意犯错让我来杀鸡，这太不像话了！今天我要反其道而行之，看来只有杀猴儆猴才能改变这种局面了！（举起菜刀）

猴　哥　主人，你这是干什么？

耍猴人　我要杀猴儆猴！

猴　哥　啊？我的天，你真的舍得杀了猴子吗？

耍猴人　对，我杀猴儆猴！

猴　哥　主人，从老主人到新主人，我可为你们挣了不少钱，我是有功劳的！

耍猴人　成绩只代表过去，你要是因为以前有过贡献，现在就无法无天，胡作非为，那你就必须承担一切后果！

　　　　〔两猴嘟囔，哀求。〕

两　猴　主人，饶了我们吧！

耍猴人　不行！

公　鸡　主人，你调教一只猴子不容易，请饶了它们吧！如果真要杀，还是杀、杀、杀我吧！

两　猴　公鸡你真好，是我们对不起你啊！

耍猴人　好了，只要你们知错必改就没有什么不可原谅的。其实，我也只是吓唬吓唬你们，不会真的想杀了你们的。

两　猴　啊？原来主人只是吓唬我们的？吓死我们了！

耍猴人　不过，你们要是故意犯错，可别怪我不客气了！

两　猴　不敢、不敢，请主人放心！

代言人（上）哎，作孽啊！猴哥猴弟这回可是自作自受，教训深刻。看来，老办法用多了就会失灵的！好了，演员们都来谢幕吧！

剧　终

（与林翔仪合作）

寻找青春国

——根据外国同名民间故事改编

[时间] 某日

[地点] 某个国家

[人物] 国王、大王子、小王子、老奶奶、随从、代言人

[幕启] 代言人上

代言人 嗨！大家最近还好么？我是本剧的代言人，代表作者随时上来和大家交流哦！首先我要问大家一个问题：大家一定都不想自己老去，永远年轻（幕后：是啊，是啊，当然不想啰）接下来表演的故事讲述的就是一个老国王想永远保持年轻的故事，他经历了怎样的坎坷呢？让我们拭目以待吧！（下）

国　王（上）哎，朕又衰老了许多，上天留给朕的时日不多了，唉！

随　从（上）不不不，皇上，您正年轻气盛呢！

国　王 爱卿，可有谁知道青春永驻的办法么？（静场）

国　王 不怪你们，朕也知道这不可能，看来老天爷也帮不了了！

随　从 陛下，臣听说有一个女巫颇为聪明。

国　王　太好了，快快有请！

随　从　遵旨！（下，国王下。）

代言人　（上）大臣们寻找到女巫，女巫说：在很远很远的地
　　　　方有一个青春国，那里有一种奇异的水，还生长着一
　　　　种奇特的苹果，无论多老的人，只要喝了这种水，吃
　　　　了这种苹果，马上可以返老还童了。但这条路上充满
　　　　了危机，说不定还可能有危险。国王听了，立即把王
　　　　子们叫来。（下）

　　　　［国王上。］

大王子　父王，您找儿臣有何要事？

国　王　父王老了，刚刚听一个女巫说在一个很远的地方有一个
　　　　青春国，那里的水和苹果可以让我返老还童，你的弟弟
　　　　还不懂事，你身为长子，父王相信你能办好这件事！

大王子　父王，儿臣定当竭尽全力为父王效力！（与国王同下）

代言人　（上）大王子上路了，他走了很远的一段路，到了一
　　　　个美丽的城市，很快便忘记了父王让他办的事，过着
　　　　花天酒地的日子。那么国王又该怎么办呢？（下）

国　王　（上）大王子走了有一段时间了，朕日日想，夜夜盼，
　　　　却盼不到大王子归来，难道他就这样杳无音信了？（徘
　　　　徊）来人呐！宣小王子进宫！

（幕后）宣小殿下进宫——

小王子　（上）父王，宣儿臣有何吩咐？

国　王　父王老了，远方有一个青春国，那里有一种水和苹果，
　　　　可以让父王返老还童。你大哥去寻找多时，至今杳无

音信，父王派你前往，你不要辜负父王的期望，快去快回。人马我都已经安排好，即刻就出发吧！

小王子 父王，您在宫中等待，儿臣一定带着水和苹果回来，让父王返老还童！（下。国王下。）

代言人 （上）小王子历尽艰辛，路上见到一个老奶奶。老奶奶说曾经去过青春国，她被小王子的孝心所感动，愿意为他带路。看，他们来了。（下）

［小王子、老奶奶上，匆匆赶路。］

小王子 （扶着老奶奶）老奶奶，小心点，千万不能有事啊。

老奶奶 唉，小伙子，你等等我啊，慢一点儿，我老了，不中用了！

（幕后）敖呜，敖呜，敖呜——

小王子 （轻声）老奶奶，那边好像有老虎（张望）嘿，那里有草丛，我们暂且躲一躲吧！（扶着老奶奶躲在草丛中）

老奶奶 （探头，轻声）这条路上会有很多困难，现在回头还来得及，如果再走下去，会更危险，这才刚刚开始呢！

小王子 （坚定）我不怕，为了达到目的，我什么都不怕！老虎应该走了，我们继续上路吧！（小王子，老奶奶圆场）

代言人 （上）小王子和老奶奶在寻找青春国的路上遇到了种种艰难险阻，他们能不能走出困境，找到青春国呢？请继续欣赏！（下）

老奶奶 （上）累死了，累死了，终于走出来了！那个小伙子呢？

你在吗？

小王子 （上）老奶奶，我在，我来了！

老奶奶 哦，前面不远处就是青春国，切记，在这个国家里，有一座施了魔法的宫殿，半夜一个小时之内，宫里一切都陷入沉睡状态，到那时，你要迅速跑进宫殿，拿到水和苹果，如果超出一小时，你还没出来，很可能危及你的生命！

小王子 我记住了，谢谢您，老奶奶！（老奶奶下）

小王子 （开门状）哇！这里好美啊！我一定要尽快找到水和苹果，哦。应该就是这个吧，果然像老奶奶说的那样，没错的，就是这个（装一壶水，拿一个苹果）好了，我该走了（下）

代言人 （上）小王子匆匆往回赶路，国王一直在苦苦等待，不知路上会发生什么事。（下）

国　王 （上）来人哪，朕的小王子回来没有？

随　从 （上）起禀陛下，小王子归来，已在殿外等候。

国　王 快快宣他上殿！

随　从 宣——小王子上殿！

小王子 （上）父王，儿臣回来了，儿臣好想念父王啊！

国　王 父王也想念王儿啊，快快让父王看看你有没有受伤？

小王子 父王不用担心，儿臣好着呢（拿出水和苹果）父王您看，儿臣给您带什么来了？

国　王 哈哈哈，你帮父王找到返老还童的水和苹果了！哈哈哈，父王重重有赏！

随　从　（上）皇上，大王子回来了。

国　王　（生气）叫那个逆子上殿！

随　从　宣——大王子上殿！

大王子　（上，跪）父、父父、父王，儿臣罪该万死啊！

国　王　父王叫你寻找的水和苹果呢？

大王子　嗯，嗯，嗯，儿臣无能，没有找到。

国　王　没有找到，还是没有去找？

大王子　父王，儿臣知道错了，饶了儿臣这一回吧……

国　王　饶了你，说得容易，你看看你弟弟，他才是真正的男子汉，你身为哥哥，怎么做的榜样？你走后的一切消息我都打听得一清二楚的，陪伴美女玩得痛快！天天大鱼大肉，花天酒地，早把父王交付的大事忘得一干二净！

大王子　啊！父王都知道了，儿臣该死啊！

国　王　老实和你们说吧，其实这是我和大臣们商定的一个计策，谁能在此次考验中脱颖而出，谁就是王位继承人！

王子俩　啊，原来如此啊！

国　王　（对小王子）还记得帮过你的那个老奶奶么？那是我派去保护你的。通过这次考验，我已经想出合适的王位继承人了，就是你，我的小王子！（众：陛下英明——）

国　王　今日，我将我的王位传给小王子，相信他一定能把我们的国家治理得更好！（把玉玺交给小王子）

［众高呼：吾王万岁万岁万万岁！（定格）］

代言人　（上）虽然国王得到了让人返老还童的水和苹果，但

他还把王位传给了小王子。他要辅助小王子把自己国家建成一个充满活力的青春国！好了，演出到此结束，演员们谢幕吧！

剧　终

（与林翔仪合作）

机智的老山羊

——根据杨啸同名寓言诗改编

［时间］猴年马月

［地点］森林里

［人物］代言人、老山羊、虎大王、猴子

［幕启］代言人上

代言人 大家好，今天表演的短剧叫《山羊智斗老虎》，是根据杨啸先生寓言《机智的老山羊》改编。那么，老山羊的机智到底表现在哪儿呢？让我们通过演员的表演来告诉大家吧。好了，我是本剧的代言人，我先离开一会儿，再见！（下）

老山羊 （上）什么，什么？刚刚那位是代言人吗？他竟然说我老山羊机智？我都老态龙钟了，哪还能机智啊！要是遇上狼都会必死无疑，更别提老虎和狮子了！（抬头）咦！说曹操曹操到，老虎真的来了。（紧张）怎么办呢？

老　虎 （上，看向老山羊）嘿嘿，不远处有一只老山羊，肯定逃不过我的铁爪子了，今天的晚饭有着落了！（开

心。大步向老山羊走过去）。

老山羊 哎呀，不妙，老虎来了，怎么办？人家都称赞我机智，我可得想个机智的办法出来。逃肯定不行，我老了，连走路都慢慢吞吞的，还能跑得过老虎？

老　虎 哈哈哈！老山羊，我知道你是逃不了的，乖乖作我的晚餐吧。哈哈哈。

老山羊 （昂起头，晃一晃大犄角，捋捋胡须，假装镇定，仰天大笑）哈哈哈！哈哈哈！

老　虎 （紧张）你，你死到临头，还笑什么？我可、可是森林之王，难道你连我都不怕？信不信我现在就宰了你？

老山羊 笑话，谁先宰了谁还不一定呢，你可知道我是谁啊？

老　虎 你，你，你不是老山羊吗？

老山羊 不、不、不，我外表像一只温顺的山羊，其实内心最强大，我有个新的名字，说出来怕吓死你！

老　虎 什么新名字？你想忽悠谁啊！

老山羊 什么？你以为我在忽悠你？哈哈哈，许多老虎也都是这样想的，所以就无一例外地当了我的大餐！

老　虎 啊？你到底是谁？

老山羊 我就是大名鼎鼎的"伏虎大王"，顾名思义，伏虎大王是专门吃老虎的。

老　虎 啊？你就是伏虎大王？是专吃老虎的？（旁白）好像听说还有比老虎更厉害的动物，是不是说的就是"伏虎大王"，是不是这个伪装成老山羊的家伙啊？不管是真是假，反正小心点没有错。（向老山羊）伏虎大王，

饶了我吧，本王知错，本王知错。（跪地）

老山羊 知错就好，趁我改变主意之前，你还不赶快走远点儿！

老　虎 好好好，谢谢伏虎大王的不杀之恩（欲下）。

老山羊 等一等，你不能走，我改变主意了！因为我要是放了你，我怎么办？喝西北风吗？

老　虎 你、你们羊不是吃草的吗？

老山羊 羊是我的伪装，是为了让你们老虎上当，其实我一直吃老虎肉的！

老　虎 啊？救命啊——（赶紧逃下）

老山羊 哈哈哈！哈哈哈！这老虎真好骗，这样就给吓跑了。不多说了，我还是赶紧走吧，万一谎言被识破了，可真要死无葬身之地了。（下）

猴　子 （上）今天真开心，爬到桃树上吃到了许多桃子，肚子饱饱的，先玩一会儿皮球吧。（坐在地上拍皮球）。

老　虎 （气喘吁吁上）猴子老弟，猴子子老弟，大事不妙了！大事不妙了！我们老虎要灭绝了！

猴　子 发生什么事了？慢慢说，老虎怎么就要灭绝了呢？

老　虎 森林里来了一只伏虎大王，专吃我们老虎，可厉害了，很威风！

猴　子 我怎么从没听说过伏虎大王呢？它真有这么厉害吗？看你吓的，哪还像个大王啊。

老　虎 我也是第一次见到，对了，我提醒你，可千万别去招惹它。

猴　子 没事。你说它长什么样？

老　虎 它长得像老山羊，头上两只大犄角，胸前挂着长长的

白胡须，高高昂着头。

猴　子 （哈哈大笑）哈哈哈……

老　虎 猴子老弟，你笑什么？

猴　子 什么伏虎大王啊，你所谓的伏虎大王其实就是老山羊。
　　　 你被老山羊骗了！哈哈哈！

老　虎 怎么可能，那明明就是伏虎大王，你难道不怕吗？

猴　子 怕什么，你不信的话，我带你去找它。

老　虎 （连连摇手）不行，不行，千万不能去。伏虎大王见
　　　 到我们决不轻饶，刚才我侥幸逃走，要是再回去，一
　　　 定会成为它的晚餐了。

猴　子 为什么不行？我就不信伏虎大王能把我们怎样！

老　虎 要真是伏虎大王怎么办？

猴　子 如果真是伏虎大王，三十六计走为上计，跑呗。

老　虎 你是猴子有爬树的本领，我是老虎只能跑，但肯定跑不
　　　 过伏虎大王，你让我再过去不就是去送死吗？我不去！

猴　子 那好吧，我有一个好主意。

老　虎 什么好主意？

猴　子 我用绳子把咱俩的尾巴捆住，要是我上树了，就带你
　　　 一块儿上树，这样可以吧？

老　虎 好吧，试试看！

猴　子 （用绳子捆住老虎和自己的尾巴）好了，我们走吧，
　　　 万一是老山羊，我们就杀了它，山羊肉各自一半。

老　虎 好，就这么定了，走！（同下）

老山羊 唉，我还是快快躲避一下，等会儿要是老虎醒悟了，

肯定会重新回来的，惹不起还躲不起吗？（欲行，看到猴子和老虎）啊？这该死的猴子，肯定是它告诉老虎真相的，现在它俩一定是来找我算账的，怎么办？唉，看我慌慌张张，手忙脚乱的，不是就自我暴露了吗？不行！唉，是福不是祸，是祸躲不过！老山羊你千万要镇定啊！

［猴子领着老虎上。］

猴　子 老山羊，给我站住！

老山羊 谁啊！哦，是猴哥？谢谢你了，帮我把老虎带来，待会就宰了老虎，照例也分给你一半儿。

老　虎 （大怒）死猴子，看你干的好事，竟敢欺骗我，在伏虎大王吃了我之前，我先吃了你。

猴　子 大王，你不要听它胡言乱语……

老　虎 你这死猴子，我不会放过你的！（猴子一时无法消除误会，赶紧解开尾巴逃走，老虎追着猴子同下）

老山羊 傻老虎，又被我骗了，哈哈哈。（下）

代言人 （上）小朋友们，看到了吧，对付老虎只能智斗，不能硬拼，老山羊用智慧保住了性命，取得了胜利。老山羊冷静沉着镇定机智的斗争艺术对我们应该有启迪吧？好了，演出到此结束，再见！

剧　终

（与林翔仪合作）

公鸡和母鸡

[**时间**] 某日。

[**地点**] 养鸡场。

[**人物**] 小母鸡、大公鸡、主人、狼犬、邻居、代言人、养鸡专业户（简称专业户）。

[**幕启**] 代言人上。

代言人 嗨，我是本剧的代言人，可以帮助大家更好地了解剧情哟！好了，今天我们表演的小剧本讲的是一只小母鸡因为要学公鸡打鸣而招来弥天大祸的故事，为什么呢？我不多说了，大家自己看吧！（下）

小母鸡 （上，捂着肚子缓缓前行）啊哟喂，我的肚子好胀啊，看来我的蛋宝宝又要出生了。（蹲下）啊哟喂，啊哟喂……累啊！难受死了！真不知道那些西方人为什么说"生蛋快乐"，生蛋有什么快乐的！（幕后：小母鸡，你弄错了！不是"生蛋快乐"，而是"圣诞快乐"）哦，那是我听错了，怪不得呢，我还以为是"生蛋快乐"（使劲）呀，我的蛋宝宝终于生出来了，又大又漂亮！我快告诉主人吧：个个大……个个大……

主　人 （端来一盆米，上）哎，小雪，别叫了！吵得聋子也

受不了啦！我这不是端米来了嘛！（俯下身子，抓一把米撒下）我知道你下蛋辛苦，好，奖励你吧！（下）

小母鸡　（啄米）嗯，这米挺可口的，真是人间美食呀！怪不得也有母鸡说"生蛋快乐"的，我看有了奖励自然就快乐了！

〔公鸡大摇大摆地上，旁若无人地吃米。〕

小母鸡　（生气地）你干吗吃我的米！走开啦！

公　鸡　（不屑地）不就是几颗米粒嘛，有什么了不起的！走就走！（欲行）

主　人　（端着米复上）阿红，阿红，别走开，你也有奖励，比它更多！（笑眯眯）阿红呀，多亏你了。一大早，我家宝宝就被你叫醒，早早去了学校，帮老师干了许多活，你猜怎么着，老师不仅表扬了他，还让他当中队委！这一大盆的米，都赏给你了！（放下盆子，下）

小母鸡　（面对观众，小声嘀咕）啧啧啧，怎么不叫我眼红啊，我太佩服红花大公鸡了，我累死累活下蛋，才奖励一把米！而它只不过喊几声嗓子，就有一大盆米奖励，从明天起，我也要打鸣！我也要打鸣！

代言人　（上）小母鸡很不服气，说什么也要打鸣，它盼了一夜，早晨天没亮就起来了。唉，你们看看，母鸡也想打鸣，会不会弄巧成拙啊！（下）

小母鸡　（上。拍拍翅膀）打鸣有什么难的，我看公鸡都是拍拍翅膀，伸长脖子喊几声就成了，我试试看！喔——咕咕咕，喔——咕咕咕——哒——！

主　人　（睡眼惺忪地上）阿红，你今天怎么啦！嗓子哑了？哑了就别叫了！难听死了！咦，不对，好像是小雪呀。小雪，真是你呀，真乖，又会下蛋又会打鸣，多才多艺，不容易，来，赏你米！（从舞台一角取米，放在小母鸡跟前，下）

代言人　（上）好几天过去了，小母鸡不辞劳苦，坚持天天打鸣，引起了邻居的注意，瞧，邻居赵大娘来了！哦，养鸡专业户也来了，干什么呢？看他们紧张兮兮的，出什么事了吗？（下）

［赵大娘领着养鸡专业户急上］

赵大娘　喂，你家公鸡是不是得禽流感啦，嗓子都沙哑了？这几天一直在瞎叫唤，很刺耳的，肯定得了禽流感了！

专业户　是呀，是呀，到底怎么回事呢？我很害怕，最近香港的活鸡扑杀了几十万只，可不得了！要是我家的鸡场也染上这种病，那我就完蛋了！我要看看到底你家的鸡怎么啦！

主　人　（忙解释）不是的，不是的，我家公鸡好端端的，没什么病，这几天打鸣的不是大公鸡，而是那只会产蛋的小母鸡呀！

赵大娘　（瞪大眼睛）什么？母鸡怎么可以打鸣？这是牝鸡司晨呀！

专业户　这可不得了啦，不是好兆头。为了消灾避难，还是马上将它杀了吧！

主　人　（惊慌）啊？不可以啊！它可是一只多产的小母鸡，

没有它的蛋，我拿什么给宝宝补身子呀！

专业户 唉，为了全村人的安全，你就忍痛割爱吧，当断不断，必受其乱！

主　人 唉，我那可怜的小母鸡，我怎么舍得让你死啊？（失声痛哭）

小母鸡 （上）咦，他们在干吗呢？大概在夸我能干吧，我家主人都感动得哭了，我这就出场吧！

主　人 小母鸡呀，我舍不得杀你啊！

小母鸡 哎，他们说要杀我，怎么回事？糟了，他们真要杀我！我赶快逃走吧！（圆场）

赵大娘 小母鸡逃走了，狗狗，快追！咬死它！

〔幕后，响起狗吠声：汪汪，汪汪，小母鸡，你逃不了了！嗷！〕

〔小母鸡惨叫声：啊——〕

代言人 （上）可怜的小母鸡啊，只因有了非分之念，结果真的是弄巧成拙，死于非命。好了，演出到此结束，大家谢幕吧！

（剧　终）

寒号鸟（课本剧）

［**时间**］ 猴年马月。

［**地点**］ 太行山脚的石崖上。

［**人物**］ 寒号鸟、喜鹊、小白兔、时光老人（简称"老人"）、
　　　　　 代言人。

［**幕启**］ 代言人（上）

代言人 嗨，大家好！我是本剧作者的代言人，可以与观众们
　　　　 随时交流。今天，我们演出的是一个关于寒号鸟的故
　　　　 事。很久很久以前，在太行山脚的石崖上，住着一只
　　　　 美丽的寒号鸟。它能歌善舞，可就是有个缺点——做
　　　　 事爱拖拉。据说，寒号鸟因为此事，还差点儿丢了性
　　　　 命呢！嘘，小声点儿，它来了！

寒号鸟 （上）太阳当空照，花儿对我笑，小鸟说，早早早——
　　　　 （看见代言人，上前打招呼）你好，代言人先生！

代言人 你好，寒号鸟！

寒号鸟 （展开双翅，转了一圈，五彩斑斓的羽毛映着金灿灿
　　　　 的阳光，显得格外美丽）你瞧，我的羽毛多么美丽，
　　　　 怕是凤凰见了，也会自愧不如吧！

代言人 是呀，真的很美呢！（低头看了看手表）不过时间不
　　　　 早了，我还有急事，去去就回来。寒号鸟妹妹，我先

走了，再见！（下）

寒号鸟 再见！

小白兔 （扛着萝卜上）拔萝卜，拔萝卜，嘿哟嘿哟拔萝卜……
（抬起头，朝寒号鸟挥了挥手）寒号鸟姐姐，你好！

寒号鸟 你好，小白兔！（看了看小白兔手中的萝卜，十分疑
惑）哎，小白兔，你这是要去干什么呀？

小白兔 冬天快到了，鸟儿们都忙着去筑巢，搭窝，我们也准
备储存冬粮呢！寒号鸟姐姐，你也快准备过冬吧！

寒号鸟 （不屑一顾地）我为什么要筑巢？我的羽毛这么丰满，
这么漂亮，难道还要住在巢里吗？再说，我能歌善舞，
不会挨饿，不用储存冬粮的。

小白兔 （无奈摇头）那好吧，我先走了，再见！

寒号鸟 拜拜！

代言人 （上）天有不测风云，那晚，忽然下起了倾盆大雨，
寒风满山遍野地刮着，将寒号鸟引以为傲的那一身漂
亮羽毛全部刮了下来，寒号鸟浑身上下没有一根羽毛，
崖缝里也冷得厉害，冻得寒号鸟直叫唤：冷啊，冷
啊……唉，这可怎么办呀！（忧心忡忡地下）

寒号鸟 （哆哆嗦嗦地上）哆嗦哟，哆嗦哟，寒风冷死我，时
光老人帮帮我，保证明天就筑窝……（哆哆嗦嗦寻找
御寒的地方）

老　人 （捧着大钟上）可怜的寒号鸟，现在知道后悔了，好，
既然它向我时光老人求救，我就帮帮它吧。我把大钟
拨到白天太阳升起的时候，这样，它就不会被冻死了！

先帮它渡过难关再说吧！（拨动大钟，天亮。舞台灯光加强，表示太阳升起来了。）

寒号鸟（欣喜地）啊哈，天亮了！太阳升起来了！天气突然变暖和了！真是天助我也！（疑惑地）咦，昨晚好像冷风呼呼地刮着，我差一点被冻死了，太可怕了，难道这是在做梦吗？哎，管它呢，肯定是做梦吧。看，太阳暖洋洋的，冬天还远着呢！

老　人（郑重其事劝告）寒号鸟，冬天真的要来了，你还是赶紧搭窝吧！

寒号鸟冬天要来了？不可能，冬天还远着呢！我明天搭窝，明天再搭窝也不迟啊！

老　人（摇头）明日复明日，明日何其多；我生待明日，万事成蹉跎！寒号鸟，你还是赶快搭窝吧！如果你改不了拖拖拉拉的坏习惯，下次我就不再帮你了！

寒号鸟（不耐烦地）你少啰唆啦！我昨晚没有睡好，先睡个回笼觉再说！

老　人唉！算我白疼你了！那……我，我先走了！（摇摇头，下）

寒号鸟（打了个哈欠，伸了伸懒腰，正准备席地而睡时，却被喜鹊大婶的一嗓子给喊醒了）

喜　鹊（上。拿着个特大喇叭）寒号鸟，别睡觉，大好晴天，赶快筑巢！寒号鸟，别睡觉……

寒号鸟（有些恼怒，用双手做成喇叭状，大喊）傻喜鹊，用不着，太阳当空照，正好睡大觉！

喜　鹊　（丢下喇叭）哎呀呀，寒号鸟，冬天说来就来，寒风刺骨，大雪纷飞，不是闹着玩的！别再拖拖拉拉的了，赶紧起来，快筑巢吧！

寒号鸟　（不屑一顾地）我为什么要筑巢？我的羽毛这么丰满，这么漂亮；我的歌声这么嘹亮，这么迷人。我要让所有人都能看到、听见。我难道还要躲在巢里吗？你看，我的羽毛——（说着，习惯性地展开双翅，发现羽毛已经七零八落，伤心地哭了）啊，我的翅膀怎么了？难道昨晚的遭遇不是梦？呜呜呜，我的羽毛……

喜　鹊　寒号鸟妹妹，别哭了，羽毛脱落了，过几天会重新长出来；如果被冻死了，就什么都没有了。你还是先筑巢要紧，只要你动手了，我们大家都会帮你的！

寒号鸟　呜呜呜，我的羽毛……

喜　鹊　（生气地）寒号鸟，冬天一到，你连小命都保不住了，还羽毛羽毛的，你太不懂事了，赶快去筑巢吧！

寒号鸟　（生气）反正冬天还早着呢，明天再说吧！我累了，先睡一会儿吧！（气冲冲地下）

〔喜鹊无奈，默默地下。〕

代言人　（上）就这样，寒号鸟得过且过，又浑浑噩噩地度过了一个白天。到了晚上，突然纷纷扬扬下起了鹅毛大雪，大地披上了一层银色的盛装，寒号鸟蜷缩在崖缝里，冷得直打哆嗦。

寒号鸟　（上，瑟瑟发抖）冷啊……冷啊……冻死我了……（倒地）

老　人　（捧着大钟急匆匆上）不得了，寒号鸟快被冻僵啦！
　　　　我得把时间退回去，让它重新来过！（将时间快速往
　　　　回拨，检查效果）唉，没有效果，可惜迟了一步，时
　　　　间退不回去了！（喊）快来人哪，寒号鸟冻僵了——

［众上，齐心协力救助寒号鸟］

［寒号鸟醒了过来］

寒号鸟　（十分羞愧）对……对不起，我不该拖拖拉拉，酿成
　　　　大祸！从今天起，我要改掉坏习惯！

众　　　（拊掌大笑）寒号鸟，知错就改，我们欢迎你！

代言人　（上）明日复明日，明日何其多。观众朋友们，我们
　　　　千万要记住这个深刻的教训，做事切不可拖拖拉拉，
　　　　否则会一事无成哦！好了，大家一起来谢幕吧！

（剧　终）

❧ 绑架寓言 ❧

——根据于洋同名寓言改编

［时间］一个深夜。

［地点］大街上、喜马拉雅山的一个山洞里。

［人物］无耻、谎言、虚伪（上述三人简称"三兄弟"）、
　　　　寓言、代言人。

［幕启］代言人上。

代言人　（上）嗨！大家好！我是本剧作者的代言人。知道我
　　　　是干什么的吗？没错，我的作用就是为了能随时随地
　　　　上台与大家交流，使大家能够更好地了解剧情。今天
　　　　表演的短剧叫《绑架寓言》，是根据于洋先生的同名
　　　　寓言改编的。（远处传来脚步声）看，寓言来了，我
　　　　就不打扰它了，我先下了，拜拜！（下）

寓　言　（提着灯笼，背着口袋上）有谁需要教训吗？我瞧瞧，
　　　　还有哪儿可以让我安置教训呢？（左顾右盼，仔细
　　　　寻找）

谎　言　（上，躲进一旁阴暗的角落）啊哈，那边有一个人，
　　　　还背着个大口袋，里面应该藏着不少的好东西！人少

容易下手，抢过来之后就是我的了！（奸笑）

无　　耻　（大摇大摆地上，听见谎言的话之后一把揪住他的领子，把谎言提了起来）哼，敢跟我抢！等一下我就冲过去，把他一袋子的东西都抢过来。功劳都是我的！东西也全归我！

虚　　伪　（上，假情假意地劝阻）好了，你们俩都别争了，干脆夺到东西后，分成三份，一人一份吧。再不出手，那个人都要走远了！（眼睛闪着阴险的光）

［谎言和无耻点点头，无耻首先冲到了寓言前面，下手了。］

寓　　言　（发现手脚被绳子绑住，眼睛和嘴巴都被黑布蒙住了，惊慌失措，却说不出话来）呜……呜……呜呜……（寓言被三人绑架，同下）

代言人　（跑上）啊！寓言被绑架了！（做遥望状）啊，他被绑架到了喜马拉雅山的一个山洞里，这……这……我们还是快过去看看吧！希望不要出什么事才好！（急忙跑下）

［无耻、谎言和虚伪把寓言绑架到了喜马拉雅山的一个山洞里，松开了绳子，撕下黑布。］

寓　　言　（愤愤地喊）把我绑到这么偏僻的地方来，你们要干什么？

谎　　言　（一本正经的样子）快说！你叫什么名字！为什么大半夜走在街上！难道你不是小偷吗？（瞟了一眼寓言的袋子）

寓　　言　（仔细观察谎言的神情，看出了漏洞）你不也是大

半夜走在街上吗？而且，你看见过打着灯笼的小偷吗？

无　耻　（不耐烦地）吵什么吵，不想活了是吧！快点！交出你的银子，还有其他值钱的东西！你最好乖乖拿出来，不然，我送你回老家！（拔出匕首）

虚　伪　（连忙制止，装出一副和善的样子）别这样，会吓到他的。（对寓言）你别害怕，我们不会对你怎么样的，别太紧张。是这样的，我们想借你点儿酒钱，第二天有钱了就还你。

寓　言　（把袋子放在地上，看着三兄弟）对不起，你们抓错人了，我根本就没有钱，一分也没有！

谎　言　（不信）哎呀，你就别骗人了！如果你没有钱的话，那这一大袋的东西都是些什么？（指着麻袋）难道是垃圾不成！你放心，我们拿了钱马上就放你回去，不会伤害你的！不就一点钱嘛，别小气了！

寓　言　（无奈地看着谎言）我真的没有骗你，我确实没有钱。不过，我倒有一麻袋的教训，我，就是一个专门出售教训的人。你们想要教训吗？如果你们需要的话，我可以免费送给你们每人一个教训。

无　耻　（恶狠狠地）教训，教训值几个钱？快点拿钱出来！我就饶你一命！再不给钱的话，哼哼……（再次亮出匕首）

虚　伪　不对呀，教训……你到底是谁？我们完全听不懂你说的是什么。（三人仔细打量寓言。）

代言人 三兄弟开始感觉到这个怪人有点不对劲，好像来头不一般。后来到底怎么样了呢？请大家继续往下观看吧。

寓　言（接着虚伪的话，无限深沉地眺望着远方）我是谁？我，是一个用两只眼睛看这个世界的人，我用一只眼睛看整个世界的正面；另一只眼睛，我则用来看世界的反面。白天，我在大千世界里四处游走，追寻真理，吸取教训，然后用它们做成一个个标牌，插在人生的岔路口上。（顿了顿，继续侃侃而谈）我，让愚蠢的人增长智慧；让幼稚的人变得成熟；让粗俗的人变得文雅；让凶残的人变得善良；让贪婪的人变得无私；让虚伪的人变得真诚；让说谎的人变得诚实；让无耻的人变得文明……

三兄弟（失声惊叫）别说了！我们知道了！你是寓言！

寓　言（点点头）正是在下。

虚　伪（抱拳鞠躬）幸会幸会，今天我可碰到师傅了。不过，一个简单的，只要三言两语就能说明的问题，你却要兜那么大的一个圈子。从中可见，你的虚伪比我有过之而无不及啊。（嘴角掠过一丝不易察觉的讥讽）

寓　言（若无其事地笑笑）这就是我做人的风格啊，委婉地指出你的缺陷，又不会伤害你的自尊，这是给你留面子哩。

无　耻 哼，不管怎么说，你就像一只刺猬，全身都是刺，只要你一出现，我们的市场就会变得越来越小。

寓　言　（依然是一脸的真诚）那是因为你们的某些品质不太好，所以才会渐渐地被大家所排斥啊。

谎　言　（旁白）这个寓言，太嚣张了！不给钱不说，还这样侮辱我们！（对寓言）真是鲁班门前弄斧头，你站着说话不腰疼，你这样，明明就是在揭生活母亲的短！（旁白）这下他哑口无言了吧！

寓　言　（不慌不忙地）没错，我同意你的观点。但是，我想向你请教一个问题：如果生活母亲的脸上长了一个肿瘤，你是要甜言蜜语的唱赞歌，还是请医生来为母亲开刀诊治呢？相信你是后者，因为，你毕竟是母亲的孩子，你的脉管里流动着的，毕竟是母亲的血液。

虚　伪　（开始着急了）但这和生活母亲不同，对于我们，你应该多一些赞美，少一点儿嘲讽才对啊。

寓　言　（理直气壮地）生活就像一个大魔方，它有阳光的一面，自然也就有阴暗的一面。我们在赞美阳光的同时，也应该揭露阴暗的一面！比如你们无耻、谎言、虚伪三兄弟，都是被揭露的对象！

三兄弟　（脸涨得通红）这……我们……

［谎言、无耻和虚伪，在寓言的真理面前羞愧难当，最终掉转头，溜之大吉，逃之夭夭。］

寓　言　（找回袋子和灯笼）邪不压正，有惊无险啊！我也该赶快飞回夜色茫茫的大街上，在人生的岔道口上安置教训，以便为迷途的人们点亮一盏指路的明灯……

代言人　（上）看来，品性邪恶的人最害怕寓言先生的！我们

要牢记寓言先生的教导，那些小故事，蕴含着大智慧。好了，演出结束了，大家一起来谢幕吧！（全体演员上，一同谢幕）

（剧　终）

（注：该剧演出时，剧中人可以在头饰上或者胸前写上标记，便于观众理解）

羊狼逆恋

[**时间**] 某年某月某日。

[**地点**] 森林、山野。

[**人物**] 羊、狼、猎人、大狼、代言人。

[**幕启**] 一个大雪纷飞的夜晚，一只狼在森林中狂奔，一个猎人举枪瞄准。"砰"的一声巨响，狼中枪，跌跌撞撞逃下。

猎　人 哈哈，打中了，狼再聪明也躲不过我的好枪法！（寻找）咦，逃到哪儿了？血迹！追！（下）

[代言人，上]

代言人 嘿，大家知道我是谁吗？我是这个故事作者的代言人，这个故事是借鉴歌曲《狼爱上羊》创作的，让我们一起来欣赏这浪漫而又凄美的故事吧！（下）

[狼拖着伤腿一瘸一拐上，惊慌失措地躲进草丛。]

猎　人 （上）（找不到狼的身影，气急败坏地）明明看见血迹了，你还逃得了吗？肯定就在这儿了，快快给我出来！（渐渐走近狼）

狼 （咬牙切齿地）看来，要拼个你死我活了！

羊 （奔上，冲向猎人）住手！不准杀生！（用羊蹄狠狠踹了猎人的后背，迅速闪开）

猎　人　（愤怒）啊！小东西，我为你们报仇，你还来捣蛋，
　　　　看我怎么收拾你！

羊　（得意）好啊，来吧！（顺势转了个弯，拉了一根藤条）

猎　人　你活得不耐烦了！（扑过去，被藤条勾住，摔了一跤，
　　　　腿摔骨折了，大声咒骂）你给我等着，我饶不了你！
　　　　哎哟，我的腿，啊，骨折了！疼死我了，我还是先去
　　　　医院吧，再不走这条腿就要废了！

羊　让你也尝尝伤腿的滋味吧，哈哈哈……

猎　人　（捂着腿，摇摇晃晃下）

［羊看到了躲在草丛中的狼，上前。］

狼　（警惕地盯着羊）你想干吗？不怕我吃了你吗？

羊　（走近狼）啊？原来我救的是狼啊？

狼　是啊，你不该救我。你后悔了吧？

羊　不，偷猎者心狠手辣，杀了不少小动物，今天不管他伤害
　　谁，我都要救的，虽然你是狼。

狼　你听说过狼心狗肺吗？你不怕我恩将仇报吗？

羊　我顾不了这么多！我只是想救你！

狼　（旁白）呵，没见过这么傻的羊，好，让它先帮我疗伤，
　　　伤好了我再吃了它！

［羊蹲下身子，小心翼翼地帮狼包扎。］

羊　包扎完了，你不要到处乱跑，不然这腿可就保不住了！

狼　（旁白）这羊肉的香味让我无法忍受了，怎么办？怎么办？
　　　（突然大吼）你快滚开！趁我还没有下决心吃你之前，你
　　　快快滚开！（张开血盆大口）

羊 我是医生，我不能在你最需要我的时候离开你的！

狼 （一把推开羊，大吼）你给我滚，我不需要你，我不想再见到你！

[四目对视，羊的眼神中也闪过一抹异样，转瞬即逝。悻悻然转身离开。]（下）

代言人 狼望着羊渐行渐远，心中百感交集。狼休息了一会儿，不顾腿伤一路狂奔，似乎在发泄着什么。大雪纷纷扬扬地下起来了，可狼还是在狂奔，它终究抵抗不过寒冷，抵抗不过饥饿，它倒下了，在雪地里倒下了。（下）

[羊复上]

羊 （为狼喂药）

狼 （苏醒）你、你、你怎么又回来了？

羊 我放心不下啊。我不是让你别乱跑吗？你看看，如果我不回来看一看，你就活不了了！（再给狼喂食）臭狼，你饿坏了，快吃吧！这绝对是我最后一次管你了！

[扶着狼进了山洞，生起了火，正想离开，刚刚走到洞口——]

狼 （紧拽着羊不放）你为什么要救我，我们狼吃了你们那么多同伴，你为什么还是那么善良，还要救我！你不是说在我最需要你的时候你不会离开我，为什么说话不算话？为什么你现在又要走，你别走，别走……（假装晕过去，羊马上急救，狼一把抱住羊）留下来吧，不要离开我……

羊 （被深深感动了，心在颤动）好，我不走了，不走了……你好好休息吧！（扶狼下）

代言人 （上）第二天清早，羊醒来时，山洞中没有了狼的踪影。羊想：奇怪，狼不是苦苦求我留下来陪伴它的吗？
怎么今天一大早就悄悄走了呢？其实，狼没有走，它
躲在山洞一个角落里，心里翻江倒海，百感交集。它
在悄悄观察羊的反应呢。（下）

羊（上）咦，它走了，它怎么会不告而别呢？（一种伤感、
失落、绝望涌上了心头。旁白）它走了就走了呗，我也该
回家了——可是，我怎么了，我是不是爱上那只臭狼了。
我一定要找到它，告诉它我爱它。

狼（在山洞的一个角落现身。旁白）傻羊，我也爱你啊，可是，
狼是羊的天敌，我们怎么可能在一起啊？我也不知道哪一
天自己会不会忍不住伤害你，会不会吃了你。（伤心落泪）

［大狼上］

代言人（上）一只大狼出现在了羊的面前，它看见了羊，
兴奋地跑过去，羊以为是它是狼的朋友，正想向它打
听消息呢。（下）

大　狼哈哈，今天是个好日子啊，免费午餐来了！傻羊，你
这是叫自投罗网吧？（张开血盆大口，一步步朝羊逼近）

羊（不知所措地一步步后退）救命啊！救命啊！

［狼冲了出来，与大狼殊死搏斗。双方扭打成一团，难解难
分。］

代言人大狼的身材比狼大了几倍，在我们看来，狼根本不是
大狼的对手，大狼一次次攻击，狼只能一次次躲闪，
加上枪伤未愈，疼痛在摧残着它的身体，但一种强大
的力量在支撑着它，它愈战愈勇。（下）

狼（旁白）我不能倒下，傻羊还需要我的保护，我要挺住！

［羊一同助战，大狼被打得落荒而逃。大狼下。］

［狼强忍着剧痛站了起来，犹豫片刻，最后还是准备离开。］

羊（突然爆发地）不要走！狼，我知道，我知道你也爱我！不管别人怎样想，我就要和你在一起，别走。我求你了，你别走！

［狼狠狠心还是走了。（下）］

羊（伤心欲绝）狼，你别走，你别走啊……

［《狼爱上羊》音乐响起。］

狼（复上。向羊狂奔而去）羊啊，我的傻羊。我不走了，我不走了，我离不开你了！（紧紧地抱住了羊，仿佛要把羊揉进自己身体里一般）傻瓜，我不走了，我不走了，我们要一直一直在一起。（狼的声音越来越弱，鲜血染红了洁白的羊毛）

羊（爱怜地）这么多伤！你为什么要为我拼命，痛吗？你知不知道我多心疼。（为狼细心包扎，羊扶着狼下。）

［音乐停］

代言人（上）狼和羊都为爱情付出了代价：羊被赶出了羊群，羊披上狼皮，进入狼群，可羊身上散发着草香味儿，很快就被识破，差点丧命。狼带着羊到处流浪，它们相信它们的真诚会冲破世俗的偏见，它们会很幸福。狼为了羊强忍剧痛把尖锐的牙齿磨平，它愿意为了羊变成一只羊……

［画面切换到狼在耕地，羊在一旁看着摇篮里的孩子。］

　　〔猎人上。〕

猎　人　（邪恶地）终于找到你们了，当初你们害我的腿彻底
　　　　废了，自己却过得那么幸福，我要杀死狼，让羊伤
　　　　心绝望，我报仇来了！（拿起猎枪对准狼开枪）

羊　（发现，冲了过去保护狼）啊！（羊中枪，缓缓躺倒……）

狼　（抱住羊，绝望地）啊！我的傻羊，不要死，我不能没有
　　你啊！

羊　（断断续续地）我、我、我的狼……下辈子，我们、我们
　　还在一起……你要好好照顾咱们的孩子，告诉它妈妈很爱
　　它……（手渐渐垂下）

　　〔狼彻底崩溃了，它怒吼着向猎人冲去，猎人吓傻了眼，来
不及开枪，被狼一口咬住喉管，猎人倒下了。〕

狼　（跌跌撞撞抱起孩子）我的傻羊啊，你醒醒，再看一眼咱
　　们的孩子吧……

　　〔幕在《狼爱上羊》的音乐声中渐闭。〕

代言人　（上）演出到此结束，大家谢幕吧！

　　　　　　　　　　　　　　　　　　　　（剧　终）

金丝兔公主

——根据凡清同名寓言改编

[时间] 某年某月某日。

[地点] 兔洞、草地。

[人物] 金丝兔公主（简称公主），狼哥，狼弟。

[幕起] 代言人上。

代言人 我是人见人爱花见花开狗见狗发呆的代言人……什么，你叫我快点讲，那好，我讲你们仔细听哦！在很久以前，有一位兔国的女王，她年迈时生了一只金丝兔，毛色金黄发亮，煞是可爱。更加难能可贵的是金丝兔勤奋好学，多才多艺，歌舞书画，样样了得。女王爱如掌上明珠，整个王国的兔子都很喜欢她，大家都称呼她"贝贝公主"。（狼叫）啊，是狼来了，我先躲一躲吧！（下）

狼　弟 （上）哥，我的肚子都饿得咕咕叫了，那些小兔子都躲起来了，我们吃什么，难道吃草吗？

狼　哥 阿弟，我也一样饿啊，要学会耐心等待，我看过不了多久，那些兔子们憋不住了，通通会出来的……（侧

耳细听）等一等，好像有动静，咱们先躲在一旁埋伏起来！（狼兄狼弟埋伏。下）

公　主　（上）唉，真憋气，我这样活泼开朗、多才多艺的金丝兔，怎么可能整天待在洞里，也太没趣了吧。我想出去！我要出洞！（画外音：注意！注意！现在有大灰狼常常出没，兔国子民时有伤亡，大家在洞里躲好了，千万不要出来啊！）这可怎么办呢？我会在洞里活活憋死的！别人出不出去我不管，但我一定要出去。这该死的洞穴那么小，躲在里面一点儿也不自由，我必须出去！我长得那么可爱又那么迷人，狼肯定舍不得吃我的；退一步说，万一狼想吃我也不要紧，我只要发个信号，藏獒哥哥说过，它会挺身相救，藏獒哥哥对我最好了，它会保护我的，所以我也不用怕狼了（她壮壮胆使悄悄地爬出了洞穴。深呼吸，伸懒腰）瞧，不是好端端的吗？哪儿来的狼？都是自己吓唬自己罢了！好了，憋了许多天了，现在可以痛痛快快跳舞唱歌啰！（欢乐歌舞）

狼　弟　（跳了出来）嘿！小兔子，什么事这么开心啊？要不去我家做客，我家东西可多了，房子可好了，比起你们的洞穴，好一百倍呢！（奸笑）

公　主　啊！果然有狼！（欲躲回洞穴）

狼　哥　（拦住）小兔崽子，既然都出来了，怎么还想回去？死了这条心吧！谁叫你出来，出来就只好喂狼啰，你是活该倒霉！

公　主　我可是兔国女王的宝贝女儿，如果你们吃了我，你们会不得好死的。

狼　弟　（笑）如果不吃你，我们会活活饿死；吃了你，我们才会有活路啊！

公　主　如果你们不吃我，把我放了，我会感激你们的。

狼　哥　感激有什么用？又不能当饭吃。好不容易抓到一只兔子，又活生生地放走，那我们的晚饭吃什么？喝西北风啊！

公　主　（旁白）我是人见人爱花见花开的小公主，难道大灰狼真的忍心吃我吗？（对狼哥狼弟）狼先生我知道你们最好了，你们不会忍心吃我吧？我可是非常非常罕见的金丝兔啊，而且我能歌善舞，如果你们不吃我，我每天都可以唱歌给你们听，跳舞给你们看，我还非常聪明伶俐，是兔国最受欢迎的贝贝公主啊！

狼　哥　哦！你就是大名鼎鼎的贝贝公主啊，你是难得一见的金丝兔，长得挺可爱。

狼　弟　哇，原来你是一只与众不同的宝贝兔啊！才貌双全，难得难得！

公　主　狼先生，我就知道你们最好了，请你们行行好，爪下留情，让我回去吧！（欲行）

狼　哥　慢！你虽然是难得一见的金丝兔，而且能歌善舞，聪明伶俐，不过对我们狼来说，金丝银丝没有什么区别；会不会唱歌跳舞都一样；聪明不聪明也不重要，对我们来说，最重要的就是能不能吃，还有一个就是好不好吃，最后一个就是能不能填饱肚子，这三点都能满

足要求的动物都会受到我们的欢迎！

公　主　看来，你们狼没有一个是好东西，你们都毫无怜悯之
　　　　心，那我就只有等死了吗？

狼　弟　是的，你说得没错，如果狼不吃兔子，那么兔子不就泛
　　　　滥成灾了？你们想过没有，如果狼不吃兔子，那狼就只
　　　　有喝西北风了？你想想看，西北风能填饱肚子？难道你
　　　　忍心让我们活活饿死吗？对了，大概你希望我们像你们
　　　　一样吃草？那么，我们的尖爪利牙不是没有用武之地了
　　　　吗？所以说，想放你回去是白日做梦，你就只有等死了。

公　主　如果你们能听我一句劝，你们还是吃草好啊，草也可
　　　　以补充能量的，你看，我们吃的也是草，却长得肥肥
　　　　的，多好，为什么你们就做不到呢？

狼　弟　（生气）你搞清楚好不好，我们天生就是食肉动物，
　　　　你们天生就是食草动物，如果我们变成食草动物了，
　　　　那我们就会被狼家族开除，那我们不就成了"食草狼
　　　　怪"了吗？

公　主　哦，好吧，狼先生，那我临死前有一个愿望，你可以
　　　　帮我实现吗？

狼　哥　什么愿望？你说吧！

公　主　我能歌善舞，就这样死了，我死不瞑目。你们让我临
　　　　死前唱一首歌吧，这样我也死而无憾了。

狼　哥　（哈哈大笑）你是向那只臭藏獒发信号吧！上回我们
　　　　抓到了山羊，快吃的时候，山羊说让它唱最后一首歌，
　　　　我们答应了。结果它把臭藏獒唱了过来，那只臭藏獒

差点儿要了我们的命。瞧瞧，我们身上伤痕累累，这教训刻骨铭心哪！你现在还用这一招数发信号，想把臭藏獒给唱过来，你觉得我们还有可能答应你吗？

公　主（旁白）完了，这一下我真的死定了，连最有可能救我的藏獒哥哥也不可能收到信息了，它怎么来救我呢？

狼　弟　大哥，不必与它啰里啰唆，早些动手吧，免得夜长梦多！

狼　哥　好的！我也早饿得受不了啦！（狼兄弟张开了血盆大口，公主欲逃，两狼扑上，公主惨叫……）

代言人（上）唉，临终前，贝贝公主才懂得：对敌人的凶残和狡猾估计不足是致命的错误！本剧到此结束，大家一起来谢幕吧！

（剧　终）

黑熊检查团

——根据双羽同名寓言改编

［时间］一个春天的早晨。

［地点］森林里、蜜蜂家。

［人物］黑熊，蜂王，蜜蜂们，代言人。

［幕启］代言人上。

代言人 嗨，亲爱的观众朋友们，知道我是谁吗？啊，你们说
　　　我废话多！我可是本剧的代言人呀！随时与你们沟通
　　　交流。（向内）快点，准备好了吗？好，不多说了，
　　　我们去看看最近森林里又有什么新鲜事吧！咦，什么
　　　情况？好戏要上场了，快闪！（下）

黑　熊 （上）今天天气真不错，该出去运动运动了！（伸
　　　了一个懒腰，一边唱一边做操）左三圈，右三圈，
　　　脖子扭扭，屁股扭扭……

蜜　蜂 （提着蜂蜜罐上）（高兴地）黑熊哥哥，你好呀！
　　　我们最近酿了一些蜜，特地先送过来，快尝尝！（把
　　　蜂蜜罐递给黑熊）

黑　熊 （高兴地接过）那我不客气了！（尝了一口）啊，你

们酿的蜜真好吃！

蜜　蜂　谢谢夸奖！那我们先走了。（蜜蜂下）

黑　熊　（赶快把蜂蜜吃个精光）啊，不愧是王牌蜂蜜，就是好吃！可是我黑熊胃口大，这一点蜂蜜很快就吃完了，该怎么再去骗一点过来，好让家里人也尝尝甜头呢？（沉思状，一会儿高兴拍手）有了！我用检查蜂蜜质量为借口，就可以骗到蜂蜜啰！哈哈，我可真聪明呀！小的们！（两只小熊上）随我来！（整理一下衣服，圆场，来到蜂巢前，敲门）开开门，检查团来了！

蜂　王　（上）哎哟，是检查团熊团长呀，有失远迎，有失远迎啊！刚刚让小蜜蜂们送给您的蜂蜜还合胃口吗？

黑　熊　（咂咂嘴）不错不错。不过，我觉得还真有点问题。（皱着眉头）这必须要深入基层考察，要是大伙儿吃了蜂蜜，生病了，我可担当不起这个责任哪！（指了指旁边的几罐蜂蜜）

蜂　王　（热情地）哦哦哦，这些蜂蜜都给您，祝检查团吃得开心哦！

黑　熊　（不客气地向家人点头，小声地）你们只管吃，吃饱为止啊，不用客气，免费的！大饱口福喽！（和大家一起品尝着）真甜真甜，啊！这蜂蜜一点儿问题也没有啊！（竖起大拇指）

蜂　王　（鼓掌）谢谢黑熊检查团的肯定，欢迎下次再光临！（送了三箱蜂蜜给它们。黑熊们抬着蜂蜜下。蜂王下）

代言人　（上）这三箱蜂蜜够黑熊一家吃一个星期了，可一个

星期后，蜂蜜吃光了，黑熊又想借检查的名义去白吃白拿了，你们看，这家伙又来了！（下）

黑　熊 （领着两只小熊上）蜜蜂兄弟们，我们又来检查蜂蜜质量了，我看看你们最近生产的蜂蜜有没有问题！

蜂　王 （上）肯定没有问题，我们的蜂蜜自产自销，难道会坑害自己吗？

黑　熊 自产自销也要检查，我们要对你们负责！

蜂　王 好吧，你们检查吧！（端出蜂蜜，黑熊们又吃又拿，然后扬长而去。）

蜂　王 （苦着脸）哎！这样下去我们的蜂蜜都会被黑熊全拿走的。这家伙，不能再让它胡作非为了！（愤然下）

代言人 （上）哎！这黑熊贪得无厌，一天到晚盼着怎样把蜂蜜拿到手！咦！那个黑影是谁？呀，不知羞耻的黑熊又来了！（下）

黑　熊 （上）啦啦啦啦，今天天气好好好……（黑熊哼着小曲，来到了蜂巢）嘿，上次我吃的蜂蜜味道有点问题，我要再尝一尝。快把蜂蜜拿来！

蜂　王 （上）看来，黑熊大哥是贪得无厌的人，我们真的没有办法填满你的无底洞！

黑　熊 好啊，你们把蜂蜜藏起来了？（恼羞成怒）哼，你们心中肯定有鬼，说不定那些蜂蜜中有什么不可告人的秘密，一定是造假的！我们要打假！（蜂王捧腹大笑）

黑　熊 （咆哮）你还有脸笑啊！

蜂　王 黑熊大哥真健忘，我刚刚说过，我们的蜂蜜可是自酿自用

的产品，从来不外卖，你就不用三番两次来检查质量了！

（黑熊被说得张口结舌，哑口无言）

代言人 （上）今天黑熊碰了钉子，但它不肯罢休，还想占便宜，于是就自己动手去抢。这一下，它可要吃不了兜着走啰！（下）

黑　熊 （凭着一身蛮力，开始寻找蜂蜜。它被香味诱惑得垂涎三尺，伸出爪子东抓一下，西抓一把，把蜜蜂们惹火了）

蜂　王 （果断下令）孩子们，别让它跑了。上！（呐喊声四起）

［黑熊抱头鼠窜，急下。蜂王追下。］

代言人 不得了了，不得了了！蜜蜂们组成的超级敢死队，正在黑熊头上盘旋！"嗡嗡嗡"，两只蜜蜂一起俯冲下来，撅起小屁屁，用带倒钩的刺，把黑熊的眼睛刺得睁不开！哈哈哈，真是恶有恶报啊！

黑　熊 （逃上。痛苦地呻吟）啊，痛死我了！（蜜蜂还在"嗡嗡嗡"地叫）饶了我吧，我再也不敢了……

蜂　王 （生气地）哼，贪得无厌的家伙，老虎不发威，你当我们是小病猫啊！要不要再来几下？第二敢死队，上！

黑　熊 （吓得大哭大叫）妈妈呀，奶奶，爹，救命啊，呜呜，我不敢了，呜呜，我错了！（惊慌失措逃下，蜂王追下。）

代言人 （上）黑熊狼狈不堪地爬回去了！（张望）咦，黑熊在干吗呢？哦，原来黑熊正在忏悔呢！既然黑熊承认了错误，那我们就原谅它吧！好，都来谢幕吧！

（剧　终）

老鼠审案

——根据双羽同名寓言改

[**时间**] 一天。

[**地点**] 衙门、面包店。

[**人物**] 黑猫警长（简称"黑猫"）、老鼠三叔（简称"三叔"）、老鼠、黄鼠狼、面包师、执勤人、代言人。

[**幕启**] 代言人上。

代言人 大家对黑猫警长的英雄事迹一定耳熟能详吧！可是今天，智勇双全的黑猫警长因小人的诬陷成了阶下囚，众人喊打的过街老鼠却成了代理警长。接下来，会发生哪些荒唐事呢？请看——（下）

执勤人（上）报——警长，抓来一个盗窃犯！（单膝跪地，大声呈报）

老　鼠（上。正襟危坐）快，给我带上来！

〔执勤人员押进来一个五花大绑的嫌犯。嫌犯低垂着头下跪。〕

老　鼠（猛拍惊堂木）大胆刁民，竟敢在本警长上任之初就犯事！太不把我放在眼里了！哼，给我从实招来！

三　叔　（哀哀哭叫）警长先生，我冤枉啊！我冤枉啊！

老　鼠　（摸摸脑门，顿感吃惊）咦？这声音怎么如此耳熟，
　　　　会不会是……（走近仔细一瞧，旁白）果然是三叔！

老　鼠　（咳嗽了几声，缓了缓神。装腔作势地）嗯，见它哭
　　　　得如此伤心，说不定真有冤情！我们可不能冤枉好人
　　　　呀！（手一挥）你们先退下，本警长要亲自审问！

［执勤人员退下，老鼠立即为三叔松绑！］

三　叔　（兴奋地站起来，拱手）谢谢侄儿关照！

老　鼠　（脸一沉，埋怨）三叔，你尽心跟侄儿过不去吗？
　　　　侄儿才当上代理警长，头上的乌纱帽都还没戴稳呢！
　　　　真是冤生孽结，第一件案子怎么会是你呀！（气得
　　　　直摇头）

三　叔　（故作可怜，挤出几滴眼泪）哎，侄儿！三叔也是为
　　　　生计所迫，没办法呀！我总得想法填饱肚子呀……（哭
　　　　得更伤心了）

老　鼠　（不耐烦地手一挥）好了，好了！别说了！今天算侄
　　　　儿倒霉，（指向后门）快从后门阴沟里溜出去吧。记
　　　　住，千万别让别人看见！否则，我就死定了！

［三叔一溜烟不见了。］

老　鼠　（摸了摸头上的乌纱帽）都说新官上任三把火。我这
　　　　第一把火不但没烧起来，反而差点把自己给烧焦了！
　　　　为了掩人耳目，下一次，我可一定要公事公办！

执勤人　（上，自言自语）咦？刚才，我抓了个盗窃犯，怎么
　　　　没有了。这回，我可是人赃俱获，又抓到一个嫌犯，

看你怎么审？报——警长，又抓来一个偷鸡贼！

老　鼠（拍案而起）押上来！

［执勤人押进五花大绑的黄鼠狼。黄鼠狼低垂着头，跪着。］

老　鼠（瞪大绿豆眼，大声喝道）大胆偷鸡贼！你偷过几
　　　　只鸡？快给 我坦白交代！（猛拍惊堂木）

黄鼠狼（从容不迫）警长先生，你听我一五一十坦白交代！

老　鼠（满心疑惑）咦，见到我，它怎么一点都不紧张？还
　　　　话中有话！莫非，它是——哎，新官上任的第一天，
　　　　我不会这么倒霉吧？

［走近仔细打量。］

老　鼠（大吃一惊，后退三步）啊？原来正是表娘舅——黄
　　　　鼠狼！苍天啊，大地啊，快救救我吧！我该怎么办呀？
　　　　对了，还是像上次一样，想个两全其美的办法，既能
　　　　放过表娘舅又能保住我的乌纱帽！

老　鼠（又清了清嗓子，镇定自若）听你的口气，莫非案中
　　　　有案？好吧，这案子还是由我独自审问！你们都下去
　　　　吧！（挥了挥手）

［执勤人无奈地退下。］

黄鼠狼（耸耸肩膀，口若悬河）你表娘舅——我，是捕鸡能
　　　　手！所有丢失的鸡几乎都是我偷的，但鸡肉却是让大
　　　　家分享了。有你老态龙钟的爷爷，有你道貌岸然的老
　　　　爸，还有你那见不得阳光的表弟小鼹鼠和你那个远房
　　　　亲戚……

老　鼠（气不打一处来，手一扬，立马打住）不要多说了！

快点从后门滚吧！（解开了捆绑的绳子）

［黄鼠狼溜之大吉了。］

老　　鼠　（自言自语）上次放走三叔已经引起别人的怀疑了，这次可得再想个妙招！（拔出手枪，朝天开了两枪，大叫）偷鸡贼逃走了，快追呀！

代言人　（上）老鼠故意指向反方向，所以，不管警察追得大汗淋漓，自然会一无所获了。不过，返回途中，他们接到面包师的投诉——（下）

执勤人　（上）报——警长，一家面包店昨晚失窃！

老　　鼠　（故作气愤，猛击惊堂木）好大的胆！本警长才上任一天，就有三宗大案发生！现在，我一定要亲临现场，查个水落石出！

执勤人　警长，请！

［圆场。众来到了面包店。面包师迎上。］

老　　鼠　哦，到了，失窃的就是这家面包店吗？（面包师点头应"是"。老鼠环顾四周，顿生疑惑。旁白）咦，这个地方，我怎么如此熟悉？该不是我昨天晚上亲自"光顾"过的面包店吧？对，没错！这里的每一个面包上都留有我的齿印。这案子绝对不能深究。我得赶快找个替罪羊！否则，非但乌纱不保，自己还会吃官司！

老　　鼠　（沉下脸，喝道）要不是面包师傅疏忽大意，窃贼也不会有机可乘，所以这个案子首先要处理面包师傅渎职行为！快把面包师傅押上来！

面包师　（瞠目结舌）警长先生，我——我——冤枉啊！

执勤人 （疑惑）怎么反而要责罚受害人呢？这个案子审得有点莫名其妙！

老　鼠 快把面包师傅带回警局，关押起来，结案！

黑　猫 （内声：且慢！）（上）别听老鼠一派胡言！它自己的屁股都没有擦干净，怎么能保一方平安啊？现在，我黑猫才是真正的警长！

老　鼠 （哆哆嗦嗦）你——你不是犯了罪，被关起来了么？

黑　猫 （一本正经）那是被你诬告的。现在已查明真相，我又官复原职了！来呀，快把这个倒行逆施、胡作非为的老鼠抓起来，押进大牢！

〔老鼠拔腿就跑，欲溜之大吉，还是被智勇双全的黑猫警长抓住了。〕

众　人 （欢呼）黑猫警长为民除害！黑猫警长好样的！

代言人 （上）现在，黑猫警长的冤案昭雪了，颠倒黑白的老鼠也被关起来了！老鼠审案这样的荒唐事也收场了！朋友们，再见！（谢幕）

（剧 终）

贱　驴

——根据双羽同名寓言改编

［时间］某天。

［地点］某地。

［人物］主人、牛、马、驴、代言人。

［幕启］代言人上。

代言人（上，唱）我有一头小毛驴啊，我从来也不骑，有一
　　　　天我……嗨！大家好！我是本剧的代言人。有人问我
　　　　是干什么的？我当然是和你们沟通、交流的啰！今天
　　　　的故事就是——《贱驴》。故事发生在一位养了马和
　　　　驴的主人家里，看，马来了，我先闪了吧！（下）

马（上）哈哈！我可真是炫的很啊！因为，我就是那匹得了
　　　　全国冠军的赛马，在家里，主人可爱我了，我真是受宠若
　　　　惊啊！我现在要先回去了，让主人给我准备可口的饭菜了
　　　　啦！哈哈！（下）

驴（上）唉！为什么主人总是宠着马，每天都鞭打我，我真
　　　　苦啊！（抹眼泪）天天让我做苦力，我也太命苦了啊！哎
　　　　呀！得先回去干活了，不然又要挨打了。（急下）

代言人（上）几天后，主人骑着赛马再次得到了冠军，骑着马神采飞扬地归来了，瞧，这马多风光啊！（下）

驴（迎上，祝贺）主人，您的马真争气……啊，啊，啊……

主　人（兴奋）哈哈哈！蝉联冠军，爽啊！（变脸）蠢驴，你睁大驴眼，看看人家赛马多有出息！又一次为我争光了！哪像你这贱驴，尽给我丢脸！滚滚滚！（踢驴，驴逃下，主人追下）

代言人（上）不久，驴听说赛马在跳"盛装舞步"时踏错了拍子，被淘汰出局了。看，主人和赛马回来了，主人的脸色好难看啊，还是离他远一点吧！（欲下，又返回）咦，这不知好歹的蠢驴，它想去安慰几句呢，唉！（摇摇头下）

主　人（牵着马垂头丧气地上）唉，当场出丑啊！

驴（迎上）主人，您没事吧？快歇歇啊，不要伤心，胜败乃兵家常事……（遭到主人毒打）哎哟，哎哟，哎哟，啊、啊、啊、啊！

主　人（狰狞）叫什么！叫什么！叫、叫、叫、再叫我打死你这头死驴，我告诉你，今天老子心情不好，别惹我！（踹驴）哼！（下）

驴（痛苦）为什么？为什么？总打我啊？对了！人们总是"杀鸡儆猴"，犯错的是猴，被杀的却是鸡，鸡是多么冤枉啊！现在主人分明是"鞭驴儆马"，犯错的是马，挨打的却是驴，多不公平啊！（愤愤不平地）嗯，这日子是没法过了，我总挨打，我不逃走肯定活不了啦！（东张西望）嘿，没人，

逃！（急下）

代言人 （上）于是，驴趁主人驯马的时候，偷偷逃了出来。（下）

驴 （跑上，很累的样子，捂着腰）哎呀！累死我了。嘿，主人没发现。（伸头张望）呦！那边有个牛棚。（挥手）牛大哥，牛大哥——

牛 驴弟，你干吗呢？

驴 牛大哥，我能在您这儿住下吗？

牛 驴弟，你不是有家吗？干吗跑我这来，我这可不是什么好地方。

驴 牛大哥，你有所不知！我那主人特宠爱马，马做错了事，总拿我出气，我太痛苦了！（抹泪）呜呜呜……实在受不了了，就逃出来想找个住处。牛大哥，您心肠好，就让我住几天吧，几天后，我就走！

牛 （很同情）没事，没事，你以后都在我这住吧！（作开门状）来，来，来，快进来吧！你太可怜了，你就在这放心住吧！你主人不会找到这儿来的！（牵驴同下）

代言人 （上）听了驴的话，牛十分同情，就将驴收留了，并像亲兄弟似地照顾驴。可是驴又有烦恼了。到了晚上，意想不到的事发生了——驴躺下翻来覆去的，怎么也睡不着，看——（下）

［牛和驴同上。］

驴 牛大哥，我睡不着啊！

牛 这儿很安全，没人欺负你，你好好睡吧！

驴 正是因为没人欺负我，所以就睡不着了！牛大哥，我要回

去了,

我真的受不了了。牛大哥,你打我一顿吧!

牛 啊?为……为什么呀?

驴 因为以前睡觉时,主人总会打我一顿,骂我一通,打完,骂完,我才能好好睡。现在没人打,没人骂了,我总觉得丢了魂似的,怎么也睡不踏实了,你也打我一顿,骂我一通吧!

牛 (无奈)可,可我下不了手啊!唉!(和驴同下)

代言人 (上)驴万般无奈,趁老牛下田干活时。便不辞而别了。(下)

驴 (上,跌跌撞撞)啊!回来了!终于回来了!这是我挨打受骂的老家啊!

主 人 (上)死驴!蠢驴!贱驴!你给我死哪里去了?还有脸死回来啊!看我不抽死你!(挥动皮鞭,啪啪啪啪猛打!)

驴 (抱头)哎哟!哎哟!哎哟!疼!哎哟!我的妈啊!

主 人 滚!滚!滚!(踢驴下场)

代言人 (上)主人十分生气,打得驴皮开肉绽!简直是惨不忍睹。

(捂脸)哎!看不下去了!(下)

驴 (上)哎哟!我的腰啊!哎哟!我的腿啊!哎哟!我要死啦!我活不了啦……

马 (上)我说你还真是头蠢驴啊!既然侥幸逃走了,为啥还回来挨揍哩!你真蠢啊!

驴 哎哟！唉！没办法啊！几十年来，哪一天不是挨了主人一顿打骂才睡的啊！几十年如一日，早已习惯了，像吸毒上了瘾，改不了啦！（躺下呼呼大睡）

代言人 （上）朋友们瞧瞧，这头驴，说着，说着，一边喃喃着，一边呼噜呼噜睡大觉了。

马 唉，真是习惯成自然，恐怕是改不了啦！

代言人 好，演出结束，谢幕吧！（众谢幕）

（剧　终）

老牛造反

——根据双羽同名寓言改编

[**时间**] 猴年马月。

[**地点**] 动物王国。

[**人物**] 老牛、虎大王、狐狸、老狼、黄鼠狼、代言人。

[**幕启**] 代言人上。

代言人 （上）我们今天讲的这个故事发生在动物王国。老牛，就是本剧的主角。此时老牛正在东山垦荒，开拓出了生机勃勃的东方绿洲，动物们十分高兴，一致认为老牛功勋显赫，理该嘉奖。于是，老虎大王亲自赶赴东山，准备授予老牛"动物王国劳动模范"称号，决定给它重奖。（下）

虎大王 （上，行色匆匆）这老牛真是埋头苦干的劳动模范，早该奖励了！（内喊声：虎大王——）谁啊？啊呀不好，老狐狸来了！（装笑脸迎上去）狐狸爱卿，有何贵干？

狐　狸 陛下，听说大王准备给老牛重奖，是吗？老牛是我推荐的，是个难得的人才吧？

虎大王 嗯，老牛是个不可多得的人才，寡人正想给它重奖呢！

狐　狸　陛下，老牛只知道埋头苦干，向来不计较名誉地位，这奖品还是先给我这个"伯乐"吧，下回我再给您多推荐推荐人才！（不等虎大王表态，不客气地拿走了奖品，扬长而去。下。）

虎大王　（无奈摇摇头）哎，这该怎么跟老牛说呢？（老牛上）

老　牛　陛下，我都看到了，陛下不必挂心，我老牛拼死拼活工作，只是要为大家造福，绝不是为了获取个人名利啊！

虎大王　话虽如此，终究是寡人亏待你了！

老　牛　没有关系，我不会计较个人名利得失的。（坦坦荡荡下，虎王随下）

代言人　（上）岁月匆匆，不知不觉，一年过去了。这一年里，老牛又在南山开辟出繁花似锦丰收在望的果园，虎大王觉得这一回一定要给老牛重奖，不料，半路杀出个程咬金——老狼。好，我不多说了，让他们自己表演吧！（下）

虎大王　（上）但愿今天能够成功颁奖，否则，太对不起老牛了！

老　狼　（上）陛下，我老狼是不是三四年没受到奖励了，这次我想我是非要奖励不可啦！想不到陛下果然为我准备奖品了！感谢陛下，陛下英明！

虎大王　（旁白）朋友们，你们说我该怎么办？老狼是出了名的无赖，要是不答应它的要求，肯定天天吵上门来鬼哭狼嚎，弄得国无宁日，那样的话，我还怎么当大王啊！可要是给了它奖品，老牛那儿怎么办？哎，进退两难啊——算了，反正老牛不会计较名利，倒不如先奖给老狼，大家图个清静嘛。

（便将奖品给老狼）是啊，寡人已经决定给狼爱卿重奖的！

老　狼　我就说嘛，陛下是普天下最英明的君主啊！（接过奖品下）

虎大王　唉，老牛的奖品又没了，这可如何是好？

老　牛（上，淡淡一笑）陛下，我都看到了，您先奖励老狼吧，我不会计较的！我得去西山开发百兽乐园，告辞了！（急匆匆下）

虎大王　这老牛真不容易，明年再不给它重奖，那就真的说不过去了！（下）

代言人（上）度过炎夏酷暑，熬过寒露秋霜，从大雪纷飞的严冬到花木吐芽的新春，气势恢宏的西山乐园竣工了。虎大王又要给老牛授奖了。（下）

虎大王（上）这次该好好表彰老牛了，它对王国的贡献真可说是有目共睹，有口皆碑啊！

黄鼠狼（笑嘻嘻地上）陛下，没忘了给我黄鼠狼特别嘉奖吧？

虎大王　是你？（旁白）这黄鼠狼偷鸡堪称一绝：它跨上鸡背，咬住鸡脖，既不让鸡出声，又不让鸡断气，然后举起毛茸茸的长尾巴做鞭子，使劲拍打鸡屁股，那鸡更是欲哭无泪，只能乖乖地驮着黄鼠狼奔向指定的地方……几年来，黄鼠狼利用这一手绝活不知多少次为我送来了鲜活的美餐。怎么办？这奖品——老牛最老实，最能顾及大局，给了黄鼠狼奖品，它也不会在意

的！好，只能让老牛再委屈一次了！（将奖品给了黄鼠狼）爱卿辛苦，寡人心中有数！

黄鼠狼 谢陛下隆恩，陛下英明！（下）

虎大王 唉，每次给老牛颁奖，总会节外生枝，这回要是怠慢了黄鼠狼，就会吃不到新鲜的鸡肉了。老牛啊老牛，寡人只好对不起你了，寡人相信爱卿是最好说话的！待寡人到工地看看老牛爱卿去！动物王国还有一项拓荒大工程非它莫属啊（下）

代言人 （上）此时，老牛正在北山开辟出了林木繁茂、鸟语花香的公园，紧接着，又心急火燎地赶到新工程的工地上开始设计图纸。知道此事以后，它默默离开了，只在工地上留下一段录音——（下）

虎大王 （上）咦？老牛爱卿呢？工地上怎么空无一人啊？

〔这时传来了老牛洪亮的录音留言。〕

〔画外音：陛下，你对我"老实"不客气，我也只好"老实"对你不客气了！动物王国最大的拓荒大工程陛下另请高明吧！告辞了！〕

虎大王 （焦急万分）老牛爱卿，老牛爱卿，寡人离不开你，王国不能没有你啊——（瘫倒）

代言人 是啊，虎大王一次次对老牛"老实"不客气，最能顾全大局的老牛也会造反，也会对虎大王"老实"不客气了。这是常理啊，请好自为之吧！

（剧　终）

投机取巧的小猪崽

——根据双羽寓言《猪生狗养》改编

[**时间**]　某年某月某日。

[**地点**]　一农家。

[**人物**]　小猪崽，母狗，主人，客人、代言人。

[**启幕**]　代言人上。

代言人（上）嗨，大家好！我是本剧作者的代言人，本来戏
　　　　剧作品是不允许作者和观众面对面交流的，但"代言
　　　　剧"例外，可以通过特别设计的"代言人"，代表作
　　　　者与观众交流。（画外音：一阵肚子咕咕叫的声音）
　　　　咦，是什么声音？哦,原来是一只小猪崽肚子饿了吗？
　　　　我们去看看吧。（下）

小猪崽（捂着肚子上）我的肚子好饿呀。（蹲在角落）

母　狗（上）可怜的小家伙，来，吃吧。（给小猪崽一个奶瓶）
　　　　吃完和我回家。你妈妈生的孩子太多了，养不过来，
　　　　你会饿死的，由我来收养你吧！（拉起小猪崽同下）

代言人（上）从那以后，母狗一直把小猪崽当作亲生孩子看
　　　　待，用博大无私的母爱和甘甜的乳汁抚育它成长。小

猪崽渐渐长大了，心里虽然很感激母狗，但又不好意思叫声"妈妈"。后来有一次，主人与客人闲聊时，口口声声说自己的儿子是"犬子"，小猪崽开始自豪起来——（下）

小猪崽 （上。旁白）曾经听主人说他的儿子是"犬子"，肯定主人的儿子也是母狗喂大的呀，而我却不敢认母狗做妈妈呢！真是不应该，因此我便大胆地告诉别人：我是狗娘养的！"可是，大家都以为我有神经病呢！这是怎么回事啊？

代言人 （上）唉，小猪崽可真傻，其实主人称自己的儿子为"犬子"不过是一种自谦的称呼罢了，小猪崽却不明其意，误以为主人的孩子一定和自己一样，也是母狗喂大的。真是一头傻小猪。（下）

〔母狗上，小猪崽迎上。〕

母　狗 孩子啊，你去哪儿啦，妈妈找得好苦啊！

小猪崽 其实，我也在找你啊。

母　狗 那么，咱们一同上街吧！

小猪崽 好！

〔母狗用慈祥的目光看着小猪崽，抚摸它的头，同下。〕

代言人 母狗和小猪崽走在路上，只见两个女人在吵架，互相骂对方，小猪崽这才知道"狗娘养的"原来是最难听的骂人的话呢！小猪崽急忙离开母狗，躲进了猪圈，母狗来找它时，它就装作沉睡的样子，打起很响的呼噜声。从那以后，小猪崽一直躲避母狗，再也不敢叫母狗妈妈了，母狗伤心极了。小猪崽十分后悔有一个狗娘养母，弄得自己难以抬头，羞于见人。可是有一天，它看见主人正在隆重埋葬母狗——就是它的养母，原来是母狗昨晚在看家护院时壮烈牺牲，主人称它为英雄狗呢！怎么回事？现在我们让时光倒回去，看看昨晚的那场战斗吧——

〔灯光暗，小偷鬼鬼祟祟上场。〕

小　偷　嗨，就是这户人家，对，听说这一家主人是大老板，很有钱！

〔母狗上，警惕地盯着小偷。小偷向母狗扔肉包子。母狗猛地扑向小偷。〕

小　偷　咦，我都扔给你肉包子了，你为什么还要咬我？

母　狗　平白无故的，你给我扔肉包子，我就断定你不是好人！

小　偷　（拔出尖刀）你敢坏我好事，我就杀了你！

母　狗　只要还有一口气，我就不会放过你！（狂吠。咬住小偷不放。小偷用尖刀猛刺母狗，母狗与小偷扭打在一起。）

〔主人闻声赶来，将小偷捆绑起来，而母狗却已经奄奄一息了。〕

主　人　（痛苦地）我的英雄爱犬啊，是你用生命保住了我的家产，我要把你厚葬，而你的亲子将受到丰厚的待遇，你安息吧！

代言人　（上）小猪崽听说母狗的亲子将受到丰厚的待遇，它觉得自己是英雄母狗的养子，应该也有特别奖励吧。所以它不听劝阻，也要去找主人讨待遇呢！（下）

小猪崽 （上）人怕出名猪怕壮，我这么肥，灾难很快就有来临，现在唯一能救我的就是希望主人能看在我养母英雄狗的份上，对我特别关照。唉，跑得累死了，我要找到主人。

主　人 （上）小猪崽，有事吗？

小猪崽 我是英雄狗的养子，我也希望能得到丰厚的待遇！

主　人 你的事我查清楚了，英雄狗确实收养过一头濒死的小猪崽，那小猪崽却辜负了它的一片真情。想不到那个忘恩负义的势利小人就是你啊！我饶不了你！

小猪崽 啊？唉！（失望，定格）

代言人 （上）小猪崽投机取巧没有好下场！如果不离开母狗，它的命运可能会发生改变的呀！唉，悔之晚矣！好了，演出到此结束，大家来谢幕吧！

（剧　终）

忘恩负义的黄鼠狼

——根据双羽同名寓言改编

[时间] 某年某月。

[地点] 羚羊家。

[人物] 小黄鼠狼（简称"小黄"），羚羊妈妈（简称"羚妈"），羚羊爸爸（简称"羚爸"），黄鼠狼家人（简称"家人"），冤魂。

[幕启] 代言人上。

代言人 大家好，我是今天这个新体短剧的代言人，负责与观众朋友沟通交流。不知道大家有没有听过这样一个故事：黄鼠狼一家遭到劫难，四处逃难。一只小黄鼠狼可怜兮兮地流落荒野，羚羊妈妈发现了它，好心把它收留了。小黄鼠狼饿了三天三夜，早已奄奄一息了，羚羊妈妈用甘甜的乳汁哺育了它。就这样，小黄鼠狼渐渐长大了。本来应该知恩图报的，谁知却发生了恩将仇报的事，我不多说了，大家还是看演出吧！（下）

羚 爸 小黄鼠狼，我要出去一下，你好好看家，我一会儿就回来。

小　黄　好的好的，你快去吧，不用担心，家里有我看着。

羚　爸　那我先走了啊！（下）

　　〔小黄鼠狼看羚羊爸爸走后，就偷偷地走到冰库，打开，惊喜地大叫：哇！原来，冰库里面有好多羚羊的乳制品啊！〕

小　黄　哈哈！原来这里藏着这么多宝贝啊！唉，肚子好饿呀！对，不如就喝几瓶羚羊奶。（一喝就是好几瓶，伸懒腰，下）

代言人（上）当晚，羚羊一家回来了，小黄鼠狼假装睡着了，听羚羊夫妇议论：小黄鼠粮都已经长大了，该让它去寻找亲人了。这可急坏了小黄鼠狼，看，它来了！（下）

小　黄　（抓抓头皮）唉，刚刚发现了冰库的秘密，有这么多宝贝，还来不及享受，就要离开了，这可怎么办？该想出一条妙计来才行。（做思索状）嗯，有了，我想到了一个好办法，对，就这么办，今晚开始行动！（奸笑。下）

代言人（上）你们知道小家伙有什么高招吗？它太缺德了，半夜里，竟然接二连三放臭屁，臭得羚羊一家无法安睡。而且一连三天都这样。弄得洞穴里乌烟瘴气、臭气熏天，这家伙真无耻！（下）

羚　爸　（气急败坏地上，忍无可忍地喊）小黄鼠狼，你给我出来！你也太不像话了吧，每天晚上放这么多臭屁，臭得我们一家都睡不好觉，害得我们的孩子都中了毒，还在动物医院抢救呢。你却什么事都没有，好像还很

开心呢。我告诉你，我们忍了很久了，今天，我再也无法忍受了！你，现在就给我搬出去！

小　黄　（可怜巴巴地）什么，我果真在睡梦里放臭屁了？如果我确实在睡梦中放了臭屁，那肯定不是故意的。屁是我们克敌制胜的化学武器，放臭屁是我们自卫逃生的重要手段。如果我在梦中放屁，那肯定是开关失灵了。听妈妈说，产生这种情况，我离死期不远了，这是一种可怕的绝症，无药可救，我顶多只能再活一个星期了。请你们千万别赶我走，让我在最后的时光里，开开心心地死去，好吗？要是你们真的受不了我的臭屁的话，你们可以先回避一下，一个星期后，请你们回到这里，替我收尸吧！如果你们做到了，那么，你们也算是功德圆满了，下辈子我再来报答你们的大恩大德吧！（一把鼻涕，一把眼泪地哭了起来。）

羚　妈　（心软了）唉，看它这样可怜，就让它在这里待一个星期吧，这孩子太不幸了！

羚　爸　唉，既然如此，就让它在这最后的时光里，开心度过，我们走吧！

［羚爸、羚妈抱着孩子下。］

小　黄　机不可失，时不再来，立即开始行动吧！（黄鼠狼得意扬扬地进内室。）

代言人　（上）善良的羚羊一家人上了小黄鼠狼的当，它们离开了辛辛苦苦经营多年的洞穴，在外流浪了一个星期，才回来准备替小黄鼠狼收尸呢！看，它们来了——（下）

[羚爸、羚妈上。]

小　黄　（上。满面红光地）呵呵，你们又回来了！非常抱歉，
　　　　我奇迹般地活了下来，就不必劳驾你们过来收尸了。
　　　　对不起，太谢谢你们了！（皮笑肉不笑）

羚　妈　那更要祝贺你了，既然你安然无恙，就请你马上搬家，
　　　　我们一家在外面流浪了这么久，什么苦头都吃尽了。
　　　　每天吃不饱，穿不暖，该好好歇一歇了。

小　黄　（为难地）这个，恐怕不行，这个洞府早已经易主改
　　　　姓了。这里现在姓"黄"，不姓"羚"了。所以我的
　　　　家人是不会答应的。

[幕后呐喊声：对，我们坚决不答应！这里是我们的家！]

小　黄　听听，里面已经住满了我的家人呢——假如你们不
　　　　怕黄鼠屁的话，咱们就一起住，挤一挤吧！

羚　爸　不不，一只小黄鼠狼的臭屁差一点熏死了我的孩子，
　　　　你们一家同时放臭屁，哪还有我们的活路啊？

羚　妈　那该怎么办，碰到这种无赖，倒了八辈子霉了！

羚　爸　（无奈）算了，算了，它们赖着不走，只好咱们走了！

羚　妈　唉，好心救人一命，还得到处流浪啊，天理何在啊？

羚　爸　老天爷，快惩罚那些恩将仇报的恶人吧！

[就在这时，一缕冤魂晃晃悠悠地飘过来。]

冤　魂　不用怨天尤人，不用呼天抢地，想开点，好好接受教
　　　　训吧，其实，我的冤情比你们大得多啦！

羚　妈　你……你……你是谁？

冤　魂　我是谁？我是好心农民的冤魂呀！我救了冻僵的毒

蛇，它一醒过来，就咬了我一口，将我活活咬死，我
真冤哪，我死不瞑目啊……

代言人 是呀，后悔没有用，哭泣也无济于事，只有牢记教训：
救助恶人，必有恶果啊！同学们，看完这个短剧，你
们有什么启发呢？

（剧　终）

转基因小老鼠

——根据双羽同名寓言改编

[时间] 某年某月某日。

[地点] 转基因医院和教室。

[人物] 小老鼠、鼠妈妈、羊虎、白头翁、小猴冬冬、小猫茜茜、代言人。

[幕启] 代言人上。

代言人 大家好，我是本剧作者的代言人，代表作者与观众朋友交流。话说有一只小老鼠因为胆小基因作怪，每次朗读都过不了关，差点被白头翁老师误送到神经病医院，幸亏鼠妈妈及时赶到……看！他们又来了。（代言人下，鼠妈妈拉着小老鼠上。）

鼠妈妈 听说最近动物王国开了一家"转基因"医院，说不定能让小老鼠变得大胆起来，看看去！（拉着小老鼠下。）

[画面切换到"转基因医院"。]

羊　虎 （上）大家好，我就是寓言大师黄瑞云教授笔下的羊虎，既像羊，又像虎，很厉害的动物新品种，吃遍天下无敌手！唉，现在受保护的动物越来越多，我都不能随心所欲地捕食小动物了，所以就摇身一变，变成了"转基因医院院长"。你还真别说，生意啊还真不错！顾客一看"转基因"三个字，觉得蛮新鲜，一个个都上门来了。（门铃声响起）。哈哈，又有顾客光临了呢！
（鼠妈妈拉着小老鼠上）

鼠妈妈 大夫啊，我的孩子胆子特别小，您看看能不能转换一个大胆基因？

羊 虎 鼠妈妈，请坐请坐！喝茶，慢慢说，你说说你的孩子怎么了？

鼠妈妈 （抹了一把泪）唉，您也知道，我们老鼠家族天生胆小，所以我的孩子总是被同学欺负，呜呜呜……

羊 虎 （安慰）别哭了啊，没事。你今天找我是找对人了，我可是"转基因"医院的院长！有什么办不到的？嗯，小老鼠，你胆子小，是吗？（望一眼小老鼠，小老鼠害怕地低下头）人们都用"熊心豹子胆"形容胆子大，我们这医院最擅长转基因了，给你换上"熊心豹胆"基因不就是了？

鼠妈妈 （激动地）院长医生啊，太谢谢您了！你真是动物界的华佗转世啊（对小老鼠）儿子，你听见了吗，你胆小的老鼠基因可以换上"熊心豹胆"基因啦！

小老鼠 （唯唯诺诺）真……真的吗？谢谢院长。

羊 虎 不用谢。来，进手术室！（领小老鼠和鼠妈妈下）

代言人 （上）小老鼠被成功地转换上"熊心豹胆"基因了，

它的胆子是越来越大了，往日那种胆小怕死，畏畏缩缩的样子早就荡然无存了，取而代之的是趾高气扬，不可一世的神态和言行。我们看看它在学校的表现吧，看，白头翁老师来了，它正准备上课呢——（下）

[画面转到教室。白头翁老师夹着备课本上场，学员小猴冬冬和小猫茜茜同上，小老鼠昂首挺胸大摇大摆地上，走进教室。]

白头翁 听说小老鼠做了转基因手术，看来效果很显著嘛，今天应该可以点它来朗读了。（点了点头）小老鼠，你上讲台来朗课文吧。

小老鼠 （趾高气扬地）来了！（吱溜一声冲上讲台。咬了白头翁一口）[白头翁大叫，趴在讲台上喘粗气。]

小老鼠 （哈哈大笑）想不到白头翁老师也如此胆小啊！（一脸愤怒）你为什么老是跟我过不去？你明明知道我不愿意，还老是让我上台，哼，莫名其妙！

白头翁 （支支吾吾）我……我这是给你锻炼的机会呀！

小老鼠 谢谢你的机会，不过，我不需要！今天，我要用行动证明，我不再是"胆小如鼠"的窝囊废了！

冬　冬 滚下台去！不许伤害老师！哼，装了"熊心豹胆"，你还真能成为熊和豹子不成？

茜　茜 还真会逞能呢，看我和小猴子的！！

[小猴冬冬和小猫茜茜一起向小老鼠扑去。]

小老鼠 （冷笑）哼！真以为我是好欺负的么？天真的笨蛋！

[向小猴冬冬和小猫茜茜扑去，冬冬和茜茜反击，小老鼠招

架不住，逃下，冬冬和茜茜追下，白头翁老师边劝架边下。〕

代言人 （上）虽然小老鼠换上了"熊心豹胆"基因，但它依
然只是一只小老鼠，没有三头六臂，所以被小猴冬
冬和小猫茜茜打得头破血流，甚至被好事者拎出教室。
鼠妈妈知道了，那叫一个心疼哟。看，鼠妈妈又带着
小老鼠去医院了，它们去干什么？请看——（下）

鼠妈妈 （牵着受了重伤的小老鼠上，抽泣）可怜的孩子哟，
咱们找医院算账去！（圆场）好，医院到了！（愤怒
地）羊虎院长，给我滚出来！

羊　虎 （上）欢迎光临，哟，是鼠妈妈啊！什么风把您给吹
来了，我正想了解小老鼠身上转基因的效果如何呢？

鼠妈妈 （冷笑）你还好意思问效果，你看你把我的孩子害成
什么样了？

羊　虎 （查看）咦，怎么会伤成这样？

鼠妈妈 你把我孩子换上"熊心豹胆"基因后，它到学校就胆
大妄为，与老师、同学打架，受了重伤。我要你赔偿！
我不能让我的孩子白受罪！

羊　虎 （叹了口气）鼠妈妈，你儿子如此勇猛，不正说明了
我的"熊心豹胆"基因没掺假吗？不过我要提醒你一
点：勇气要和实力匹配。光有胆子而没实力，那肯定
更加糟糕的！

鼠妈妈 （愣了一会，叹了口气）唉，这话有理。那请您把我
的孩子的基因换回来吧，我也不怪你了。

羊　虎 可以，可以，但你要想清楚，这样的话，你的孩子

又会变得胆小如鼠了。

鼠妈妈 （点了点头）嗯，"胆小如鼠"就"胆小如鼠"吧，因为它本来就是老鼠么！

羊　虎 那好，随我进手术室，还原基因！（羊虎下，鼠妈妈和小老鼠随下。）

代言人 （上）鼠妈妈选择让孩子还原基因，小老鼠的胆子又变小了，但却发生了一件很意外的事情，从此改变了小老鼠的人生，大家回到教室去看看吧。（下）

〔画面转到教室。白头翁上，冬冬和茜茜同上。〕

白头翁 听说小老鼠的基因又还原了呢！

茜　茜 那它又会是个胆小鬼，任凭咱们欺负了！

白头翁 （意味深长）唉，你们老是欺负它，它的胆子大得了吗？我希望你们多多鼓励它，为它壮壮胆！

冬　冬 是啊，茜茜，咱们听老师的话，一起为小老鼠壮壮胆吧？

茜　茜 （想了想）嗯，是啊，让我们来帮助它！

〔小老鼠蹑手蹑脚上，不敢看冬冬和茜茜。〕

〔冬冬和茜茜主动迎接小老鼠。〕

〔小老鼠害怕，躲躲闪闪。〕

冬　冬 小老鼠，加油，我为你壮胆！

茜　茜 嗯，我也是，我们大家一起为你壮胆！

〔冬冬和茜茜向小老鼠伸出大拇指，热情拥抱。小老鼠感激得热泪盈眶，白头翁老师满意地点点头。〕

（画面定格）

代言人 （上）在白头翁老师和小猴冬冬、小猫茜茜等同学的

鼓励下，小老鼠信心大增，不再缩手缩脚"胆小如鼠"啦。看来，帮助和鼓励比转基因更管用呢！好了，大家一起来谢幕吧。（众演员谢幕）

（剧　终）

求猫派虎

——根据桂剑雄先生同名寓言改编

[**时间**] 猴年马月

[**地点**] 森林中

[**人物**] 大象、老鼠、宠物猫、狮子、老虎、代言人

[**幕启**] 代言人上

代言人（上）大家好，今天表演的"代言体"短剧是根据桂剑雄先生的同名寓言改编的。快看，大象来啦，还哼着歌呢！看来它的心情很好，一定是遇到了什么喜事！我们一起看看吧（下）

大　象（上）大家好，看到我这么开心，你们一定会猜我遇到了什么喜事，对吧？对！你们看，旁边这个小水池可是小动物的救命池，现在大旱时期，水比金子还宝贵。可谁知水池里潜伏着一只凶恶的鳄鱼呢？谁去喝水，都有去无回。刚刚我去喝水，它竟然咬住了我的长鼻子，亏得我的鼻子坚固！我把长鼻子高高举起，把鳄鱼举到半空中，然后重重往陆地上一甩，这家伙就被甩得半死不活了。我轻轻踩上一只脚，这只鳄鱼差点

一命呜呼，它大叫：大象爷爷，饶了我吧！唉，我打小就是吃软不吃硬，看它这么可怜，就放它一马吧。于是我说："滚远点，不准再霸占水池！"它连连答应，真的滚得远远的。你们说，我能不开心吗？

大　象　（打呵欠）唉，刚才打了一仗，我要睡一会儿，太累了。

［老鼠鬼鬼祟祟蹿出来，四下张望。］

老　鼠　这头笨大象，刚才好像在这儿夸海口吧，还说它战胜了鳄鱼，就像自己非常了不起似的。好啊，如果我战胜了大象，那就可以称王称霸了！？嗯，我试试看！（思索）

代言人　（上）这只老鼠大概吃了熊心豹子胆，竟然还想征服大象！看，它趁大象熟睡时钻到大象鼻子里去了。

老　鼠　（表示在象鼻中表演，说话瓮声瓮气的）嗨，象鼻中虽然并不宽敞，但让我们老鼠钻来钻去也挺有意思的，看，我还可以在里面翻跟斗呢！（翻跟斗）还可以给大象挠痒痒呢！（挠痒痒）

［大象打了个喷嚏，甩甩长鼻子。］

大　象　什么东西？好痒啊，嗯，一定是老鼠！你，你不想活了，竟敢钻到我鼻孔里来捣乱！

老　鼠　（洋洋得意）大象爷爷，您好，你的鼻孔好脏啊，简直臭不可闻哦，我替您清理清理！

大　象　（痒得难受，笑出声来）嗨嗨嗨……

老　鼠　大象爷爷，你好开心啊！

大　象　（瘫痪在地上）这老鼠真难缠，猫啊，猫，良种猫，你在哪儿啊！

［这时一只宠物猫走来，叫了一声：喵——］

大　象　猫咪，你是听到我的呼声才出来的吗？

宠物猫　是呀，我看你好像挺难受的样子，怎么回事啊？

大　象　该死的老鼠钻进我的鼻子挠痒痒，请你帮帮我呀，我已经被老鼠折腾得快不行啦！

宠物猫　不好意思，我刚出生就被主人抱过来了，从来都没见过老鼠长什么样。不过，我妈妈是正宗的良种猫，虽然它还来不及教我捉老鼠的本事，但我肯定也有妈妈的遗传基因，抓老鼠，应该不在话下的！

大　象　行行，你试试看，快帮帮我吧！

宠物猫　（壮壮胆，叫喊）喂，老鼠，你干什么骚扰大象？你快给我滚出来！

老　鼠　好，你等着，刚才你说你妈妈来不及教你捕鼠，就被现在的主人抱过来了！你现在是宠物猫，你以为我会怕你吗？你走远点，我马上出来！（翻一个跟斗表示从象鼻中钻出来，大象松了一口气，配合做相应动作）

宠物猫　啊？你，你是个尖嘴的贼？（被老鼠吓坏了，宠物猫全身颤抖，老鼠尖叫了一声）啊！妖精啊！绿豆眼，尖嗓门的妖精！（欲逃下）

老　鼠　（眼珠子咕噜一转）别跑啊！快回来啊！

宠物猫　（尖叫）啊！（逃下，老鼠追下）

大　象　怎么回事？如今世道怎么变了，老鼠竟然追猫了？不行，我要打电话给狮王，老鼠不除，后患无穷！（下）

代言人　（上）猫被老鼠追得鸡飞狗跳，真是太新奇了！大象

急急忙忙给狮王打紧急求救电话，快去听听。

狮　王　（上，听到电话响，接电话）哪一位？哦，是大象兄弟，你怎么了？

大象　狮王，你快派良种猫来吧，我支持不住了，这老鼠实在太嚣张了。

狮　王　好，你别着急，我立即帮你解决，包你满意！

狮　王　（放下电话）大象是寡人的好兄弟，一向勤勤恳恳，为王国默默奉献，想当初王宫兴建之时，全靠它用长鼻子搬运笨重的木材，真是力大无穷啊。如今老鼠竟敢欺负大象，我饶不了它！不过，竟然连大象都不是老鼠的对手，看来那家伙一定很厉害，小小的良种猫怎么会是它的对手？嗯，这回非得让我最得力的大将军老虎出马不可！（喊）虎老弟——

老　虎　（上）狮子大哥，您叫我？

狮　王　大象有难，被老鼠骚扰，虽然我没见过那家伙长什么样，但大象都成了老鼠的手下败将，它一定很强大，你可千万要小心哦！

老　虎　遵命！（狮王下，老虎跑圆场）嗯，大象的领地到了——大象兄弟，老鼠呢？

大　象　（误以为良种猫来了）老鼠追猫去了，一会儿肯定还会回来，良种猫快来啊！

老　虎　放心吧，狮王下了大决心，特派本大将军前来灭鼠！

大　象　啊？怎么是你？你行吗？

老　虎　我有锐牙利爪，浑身是力！难道还对付不了老鼠？（老

鼠上）

大　象　那——？好，好吧，看，老鼠又回来了。

老　虎　（眼睛一亮）哦？这就是老鼠？我还以为是什么三头六臂的怪物，原来是这么一个尖嘴巴的小坏蛋，也值得大惊小怪呀？（老鼠逃下，老虎狂追下）

代言人　（上）老鼠飞快逃走，一会儿跳到岩石缝隙里，一会儿跳到树杈上，老虎也扑上扑下，累得气喘吁吁的。突然，老鼠钻进洞里，老虎一头撞在墙壁上，撞得眼冒金星。

老　虎　（上）哎哟喂，疼啊，我的脑袋。肯定是严重脑震荡了（按着头，叹息着）

〔大象等七手八脚把老虎抬上了担架（下）。〕

代言人　可怜的老虎被送往动物医院，在医生精心的救治下，终于脱险了。但狮王还一直在苦等老虎的喜讯呢！（下）

狮　王　（上）那是当然了，这回，我派遣王国里最强大的老虎大将军出马，自然是马到成功啊！哈哈哈……

老　虎　（挂着拐杖上）狮子大哥，我回来了。

狮　王　啊？老虎兄弟，你、你怎么也伤痕累累呀，看来，老鼠果然厉害啊！

老　虎　不，它很小，只不过就我拳头那么大。

狮　王　那……你怎么会败下阵来呢？

老　虎　它太小了，可以"吱溜——"一声钻进洞里，我比它大得多，一头扑过去，自然被撞得头昏眼花，鼻青脸肿了！

狮　王　哦，原来如此！

老　虎　狮王大哥，治病要对症下药，除害也是一物降一物啊！

狮　王　（恍然大悟）对对对，说得有理！（电话响起）

狮　王　（接电话）哦，是大象兄弟啊！

大　象　狮王，你快把良种猫派给我吧！老鼠又来骚扰了。

狮　王　好，好，都是寡人糊里糊涂瞎指挥，你求猫，我派虎，

　　　　真是荒唐！好，现在寡人立即把良种猫派给你！

代言人　吃一堑长一智，经过这一次教训，狮王从此聪明多啰！

　　　　好，演出到此结束，大家一起谢幕吧！

［众演员复上，谢幕。］

　　　　　　　　　　　　　　　　　　　　　剧　终

　　　　　　　　　　　　　　　　　　　　（与方雅合作）

附原作：求猫派虎／桂剑雄

　　大象因为不堪老鼠的骚扰，去向狮王求猫。不料，狮王却将老虎派给了它。大象觉得奇怪，问道："大王，我是因为怕鼠才向您求猫，您为何派老虎给我呢？""老虎不是比猫更勇猛一些吗？"狮王颇为自信地说，"虽然本大王没有见过老鼠，但却可以断定，老鼠一定很强大！不然，你怎么会怕它呢？"

　　　　　　　　　　　　　　　　　　　　　剧　终

牛在本命年

——根据双羽同名寓言改编

[**时间**] 牛年正月初一。

[**地点**] 路上、办公室、桃花山。

[**人物**] 老牛、老狐狸、老猴子、花小姐、代言人。

[**幕启**] 代言人上。

代言人（上）老牛老牛，快来看看！（拿起报纸）

老　牛（急匆匆上）什么嘛，牛年的钟声响了，我是轮值主席，是当家人，该去办公了！

代言人 就是嘛，今年你当家，所以特别要提醒你，千万要提防小人把你拖下水！（指指报纸）瞧，去年被揭露出来的腐败官员可不少啊！你可要小心马屁精哦！

老　牛（生气）这是什么话！马屁精要拍的是马大哥的屁股，想拍我牛屁股，门都没有！天底下就数我老牛最老实本分了，放心吧，不会有事！（看手表）哎呀！快要迟到啦！（急急忙忙下）

代言人（上）老牛匆匆赶到轮值主席办公室，只见上届的主席老鼠已经离开了。老牛清理了办公室，看到办公桌

上有一台电脑，连忙启动，想看看新闻——（下）

老　牛　（上，在代言人说话时做清理办公室状）哎——这办公桌可真脏啊，这么多老鼠屎也不扫一扫，咦？这鼠标怎么怪怪的？做成人型了，撅着屁股，跪在地上，肯定是老鼠要报复，把鼠标做成"人标"啦？管它呢，只要可用就成！（打开电脑）啥？"牛屁与温室效应"？真是屁话！（再细看）什么，什么？所有网站都在骂娘，什么"牛屁是温室效应的罪魁祸首"啊，什么"是牛屁害了地球"、老牛罪该万死啊……呸呸呸！你们人类放出这么多汽车屁都不说，却抓住牛屁不放。难不成我放一个屁比原子弹爆炸还厉害啊？胡说八道！胡说八道！（怒气冲冲）

老猴子　（上）牛大哥，您看那些玩意儿干啥？

老　牛　那是人类联合国的权威机构的报告啊！唉，都怪我屁股不争气，干吗放牛屁啊！

老猴子　嗨，牛年的牛屁股可是金屁股啊，别小瞧了它！

老狐狸　（上）牛大哥，我和猴兄带来了一群溜须高手，保准让你高兴。它们刚刚创作了一首《金牛之歌》，先让它们唱给您听听吧！

老　牛　不用不用，大家的好意我心领了。

老猴子　牛大哥，我们还有一个"文字改革方案"，凡是与牛有关的词都得重新审查，有损牛形象的立刻更改，如"牛头马面"改成"狗头马面"，"牛鬼蛇神"改成"鼠鬼蛇神"，"钻牛角尖"改成"钻羊角尖"，"吹

牛皮"改成"吹猪皮"……

老狐狸 我们组织个"牛屁精联合会",我来当会长,怎么样?

老猴子 好!真好!太妙了!

老　牛（热泪盈眶）谢谢!谢谢你们!

老猴子 要是真想谢谢我们,就请牛大哥把这份合同签下来。（掏出合同）

老　牛 原来你们是来谈生意的,不早说。（接过合同一看）嗯?"强制推广使用牛屁过滤器"。有"牛屁过滤器"这种产品吗?

老狐狸 我和猴兄正在研制开发,并联手办了一家公司。给您1/3 干股,您不用掏钱,坐享其成!你想想,全球数十亿头牛,商机无限,"钱"途无量啊!

［老牛放了个响屁。］

老狐狸 牛大哥放屁地动山摇,震撼人心,非常适合用牛屁过滤器!老牛这事还不能轻易决定,让我再考虑考虑吧!

［猴子与老狐狸应下。］

老　牛 哎呀呀,我老牛会不会腐败啊?诱惑真是太多了,怪不得那个代言人要我提高警惕!

代言人（上）老牛,我怕你经不起诱惑,所以从高人那儿讨到灵丹妙药,这包"醒脑丹"可以让你脑子清醒,这包"牛屁散"奶茶可以让牛屁精远离你。（递过灵丹妙药）

老　牛（接过）谢谢您!太谢谢您了!一上任,就碰到许多

溜须拍马的人，我真的怕自己招架不住啊！（下）

代言人 牛大哥，先吃醒脑丹，保持清醒头脑！（老牛内应：知道了！）祝你成功！（内应：谢谢了！）（下）

老　牛 （复上）嗨，这牛屁散奶茶挺管用的，刚才一帮牛屁精唱着《金牛之歌》，硬要把我抬起来游街，烦死人了，我把牛屁散奶茶泡起来，每人喝一碗，结果，牛屁精一哄而散了，好，现在可以好好休息一会儿了。等一等，再吃一颗醒脑丹，千万别糊涂，千万别腐败啊！（吞药）

老　牛 果然头脑清醒多了，牛屁精走了，我老牛闲着无聊，还是去趟桃花山。（圆场，听到小狐狸的招呼声：哎哟喂，是牛大哥啊，什么风把您吹到桃花山来了？）咦？那不是小狐狸花小姐吗？毕竟掌权者有魅力，连如此俊俏的闺女都向我示好。（情不自禁地奔跑过去）

花小姐 （迎上）牛大哥，我可是《动物世界日报》的实习记者啊！您不想为您的牛屁案申冤吗？

老　牛 （敏感地）又是牛屁案？

花小姐 是啊，你们老牛为人类贡献牛力、牛奶，甚至牛肉、牛皮，却还要为人类承担污染地球元凶的罪名，天理何在啊！

老　牛 总算找到知音了！谢谢花小姐！（泪流满面）

花小姐 我已经写了一篇文稿，为您伸张正义，请您先过目！（晃了晃文稿）

老　牛 （迫不及待）给牛大哥看看！

花小姐 慢，牛大哥准备怎么感谢我呢？（撅起小嘴）

老　牛　好，让我抱抱你，亲亲你！（刚刚抱住花小姐想亲一口，被偷拍了。）

老猴子　（端摄像机上，阴阳怪气地）老牛吃嫩草，艳福不浅啊！

老　牛　（狼狈不堪）我……我……

老狐狸　（上，气势汹汹地）我什么我！我闺女还没成年呢！好你个老色鬼，我要起诉！

老　牛　（耷拉着脑袋）你们说怎么办吧……

老猴子　（威胁）录像带很快会制作好，你老牛是轮值主席，你的绯闻肯定很值钱的！

老狐狸　（皮笑肉不笑）想私了也可以，只要把合同签了，权当赔偿我闺女的名誉损失费……

老　牛　（失魂落魄）让我想想，让我想想……（一屁股跌坐在地）

代言人　（上）哎——手中有权，肯定会有各种诱惑，各种陷阱，真是防不胜防啊！连一向老老实实的牛大哥也会跌进桃花陷阱！大家可要警惕啊！好，一起谢幕吧！（谢幕）观众朋友们，再见！

（剧　终）

会飞的怪 "鸡"

[**时间**] 从前。

[**地点**] 鸡舍。

[**人物**] 公鸡、母鸡、小杜鹃、母杜鹃、代言人。

[**幕启**] 代言人上。

代言人 观众朋友们，大家好！我是本剧作者的代言人，也算作者的一个替身吧，我的存在是专门负责跟观众朋友们沟通交流，方便大家了解剧情的。好了，闲话少说，让我们进入正题吧。众所周知，鸡是不会飞的，可它以前会飞，这是为什么呢？

[画外音：因为它被人类圈养太久了，翅膀的飞行功能退化了。]

代言人 这位观众说得没错，接下来，让我们欣赏一个发生在鸡舍里的故事吧。

[代言人下，公鸡拥着母鸡上。]

公　鸡 老婆，你可千万要小心点儿啊，万一有个闪失可不得了！

母　鸡 你不要嘴上说得好听，其实，平时看都不看我，成天三妻四妾左拥右抱，对我一副爱理不理的样子……

公　鸡 哎哟喂，老婆啊，饭可以乱吃，话可不能乱讲啊！我对你的真情，天地可鉴，我公鸡在此对天发誓：

133

我大公鸡此生只爱这一只鸡，如有二心，就……

母　鸡　发什么誓啊！我只不过是开个玩笑而已，何必当
　　　　真？哎哟，肚子好疼啊！快扶我回家，看样子，我
　　　　是要下蛋了。（捂着肚子）快点儿！

公　鸡　（手忙脚乱）啊？！好好好，我们马上就到家了，
　　　　老婆你忍着点儿。

［同下。母杜鹃上。］

母杜鹃　大家好！我就是人见人爱，花见花开的懒鸟杜鹃哦！
　　　　（向大家抛媚眼）

［画外音：呕，是懒鸟杜鹃啊——］

母杜鹃　对不起啊，跑题了。大家知道，我们杜鹃喜欢把蛋下
　　　　在别人的窝里，让别人替自己养孩子，等孩子长大了
　　　　再把它领回来，不过为了争宠，它也可能把别的鸟儿
　　　　的蛋推下窝去，嘻嘻嘻。不是它狠，有句话叫作：物
　　　　竞天择，适者生存嘛。不和你们废话了，我要找窝下
　　　　蛋去了，回见。

［母杜鹃下，代言人上。］

代言人　这母杜鹃又不知道要祸害谁去了，唉——听这动静，
　　　　母鸡好像是要下蛋了。

［画外音：咯咯哒，咯咯哒！］

代言人　呵，让我猜对了吧，母鸡正在喊"个个大"呢，可能
　　　　希望孩子强壮一些吧。嘿，它们来了。

［代言人站在一旁，鸡夫妇上。］

母　鸡　下了蛋宝宝，全身上下都感觉轻松了不少。老公，

我要吃虫子!

公　鸡　没问题。(做刨土状)看,这儿就有一条,来,老婆,我喂你吃。

代言人　(看着鸡夫妇)哎呀,啧啧啧,真肉麻!

母　鸡　我乐意,怎么啦?!不管它,老公我们回家。(挽着公鸡,圆场)到家了。(看了看窝)老公你快看,好像窝中多了一个蛋?!

公　鸡　有吗?我怎么没看出来?夫人,是你太敏感了吧?

母　鸡　可能真的是我太敏感了。算了,不管它了,反正都是咱们的孩子,我要开始孵蛋了。孩子们,妈妈来了,你们就耐心一点,等我孵你们出来哟。

公　鸡　没错,等你们出来以后,爸爸妈妈都会好好照顾你们的。

〔同下。〕

代言人　许多天以后,小鸡们纷纷破壳而出,不信?不信你就自己听——(画外音:叽叽,叽叽……)哎呀,光听声音就知道,小鸡们有多么可爱啊!鸡夫妇每天教孩子们学习各种本领,比如:捉虫子,躲避天敌等等。夫妇俩和孩子们生活在一起,日子过得非常充实。看得我这个代言人也羡慕啊。(画外音:那后来怎么样了?)别急,我正要告诉你呢!渐渐地, 小鸡们长大了,很快,母鸡发现了一只"与众不同"的"鸡"。它的长相很特别,所以别的鸡都啄它,欺负它。有一次,它忍无可忍了,便飞到附近的树杈上,吓得

鸡们大惊失色，一致认为它是一只怪鸡，因为鸡是不会高飞的。鸡夫妇看了，也觉得不可思议。好，继续看表演吧。

［代言人下，鸡夫妇上。］

公　鸡　老婆呀，咱家怎么出了只怪鸡呀？

母　鸡　是啊，我也不知道会这样，怎么办啊，老公？

公　鸡　事到如今，我们只能把它给咔嚓（做了个抹脖子的动作）了。

母　鸡　（脸色大变）不行，它也是我们的孩子啊，你下得了手吗？

公　鸡　我也不想这么做，可它是怪胎啊，要是哪天被主人看见了，我们一家老小的性命可就不保了呀。（做思考状）嗯？！老婆，我记得你刚开始孵蛋的那天好像说窝中多了一个蛋？

母　鸡　嗯——我好像是说过，那这么说来，它……

公　鸡　没错，那我们就这样……

［代言人上。］

代言人　就这样，公鸡和母鸡制定了一个计划，哦，"小鸡"来了。

"小鸡"　爸爸妈妈，你们找我？

母　鸡　是啊宝贝，你过来，妈妈有话对你说。

"小鸡"　好啊，你说吧！

［母杜鹃"飞"上。］

母杜鹃　儿子哎，妈妈来了。（把"小鸡"搂在怀里）妈妈终于找到你了。

"小鸡"　你……真的是我妈妈？

母　鸡　老公，怎么又来了一只怪鸟？

公　鸡　我也不知道啊，老婆。

代言人　原来，当初母杜鹃找不到可以下蛋的鸟窝，后来因为
肚子疼得厉害，没办法，就只能把蛋下到鸡窝里去，
结果就变成现在这个样子了。

小杜鹃　妈妈，你真的是我的妈妈。我就说我和别的鸡长得
不一样，原来我本来就不是鸡，而是一只杜鹃呀！

母杜鹃　对不起啊孩子，懒妈妈让你受委屈了。

公　鸡　（走进杜鹃）喂，你们两只怪鸟，快离开我家，不然，
我就对你们不客气了！

母　鸡　没、没错，会飞的怪鸟，快离开我家！看到你们就恶心！

母杜鹃　说我懒鸟我承认，我不该把蛋下到你的窝里，让你帮
我孵蛋。但要说是怪鸟？你们才是怪鸟呢！你们看看
天上的老鹰和百灵鸟，都是会飞的，真正的鸟大多会
飞的，我们会飞，我们也是真正的鸟；再看看你们，
白白长了一对翅膀，可惜连最低的树杈都飞不上，你
们不脸红，反而颠倒是非，嘲笑我们会飞的鸟是怪鸟，
真是滑天下之大稽啊！

鸡夫妇　（面面相觑）啊？！好像是这个理！（羞愧低头）

代言人　好了，小朋友们，这个故事告诉我们"不正常的人以
为正常的人不正常"。演出结束，来呀，让我们一起
谢幕吧。

（剧　终）

梅花姑娘

[**时间**] 很久很久以前。

[**地点**] 一个遥远的山村。

[**人物**] 梅花、班台、国王、卫兵甲、乙、代言人。

[**幕起**] 代言人上。

代言人 大家好，我是本文作者的代言人。今天演出的小戏叫
《梅花姑娘》，是参考童话网上的《钻石姑娘》改编
的。故事说的是从前有一个国王，他贪得无厌，而住
在山村里的一个穷苦的少年心地善良，那少年叫作班
台。他父母死得早，哥哥又不愿抚养他。所以，他白
天在市场里唱着乞讨歌，求得一些食物，晚间回到破
木棚里睡上一宿，天一亮又要上山砍柴。一天，他和
哥哥去砍柴，休息时，哥哥坐在石头上大吃大喝起来，
可怜的班台什么也没吃到。好，不多说了，还是看他
们表演吧，再见！（班台上。）

班　台 （气愤地）哼，这是什么世道？越是有钱的人就越吝
啬！总有一天，我当上了国王，就要把金银珠宝通通
分给穷苦的百姓。

[幕后响起哥哥的嘲笑声：班台弟弟啊，石头里是打不出酥

油来的，你还是啃啃自己的手指头当点心吧！我先走了！班台哥哥，你不要离开我——唉，他走远了，不要我了！（躺下息歇）］

代言人 可怜的班台又累又饿，不知不觉酣睡过去，等他醒来的时候，天色已经昏暗，大雨落个不停，霹雷在天空滚动。他冷得索索发抖，正在寻找回家的道路。忽然，他看见一只小梅花鹿摇摇晃晃跑过来，它受了箭伤，眼看就要断气了，班台十分可怜这只小梅花鹿，就帮它包扎伤口，小梅花鹿终于得救了，它深深感激自己的救命恩人……（随着代言人的讲述，班台和小梅花鹿作相应的表演）

代言人 一会儿，小梅花鹿走了，却来了一位漂亮的姑娘。其实，这姑娘就是小梅花鹿变化的，我们就叫她梅花姑娘吧。梅花姑娘恋上了班台，不管他家如何贫穷也要嫁给他。班台怎么也推辞不了，只好带她回家了。（下）

［班台与梅花姑娘走圆场，到了班台家。］

梅　花（笑盈盈地）虽然在一切男人中间，你是最贫穷的了，但我对你十分钟情；虽然与许多美男子相比，你是其貌不扬的一个，但你有一颗金子般的心！我喜欢你。我叫梅花，一个良家女子，你留下我吧，我要让你衣食无忧。（梅花就抖开自己浓密的头发，用金梳子梳了几下，只听得满地发出清脆悦耳的响声，阴暗的木棚里顿时光芒四射……）

班　台 啊，钻石！怎么会有这么多钻石？

代言人（上）原来从姑娘头发里掉下的全是珍贵无比的钻石。

班台站在一旁，看得直发呆。班台很快富起来了，甚至连相貌都变得英俊起来了，小夫妻过上了甜甜蜜蜜恩恩爱爱的新生活……（梅花偕班台下）

代言人　这事很快传到了王宫里，贪得无厌的国王马上带兵找到班台家，看，他们来了！

［内喊："陛下驾到——"班台出迎，国王上，卫士甲、乙随上］

国　王　恭喜你啊，年轻人！朕都知道了，在你这破木棚里有一个神奇的姑娘，只要她一梳头，就会掉下许多钻石，这姑娘来自何方？现在何处？快快如实禀报，朕重重有赏！

代言人　原来，因为有人告密，国王立即派出暗探，侦察了全部情况。唉，灾难从天而降，看看班台和梅花姑娘如何应对吧！（下）

班　台　（大吃一惊，立即镇定自若地）陛下呀，请不要在穷人身上寻开心了，我这要饭的乞丐，除了自己的影子，谁还会来与我做伴呢？

国　王　（怒）闭嘴！你休想诓骗朕！朕要用烧红的铁条，从你的嘴里捅进，脚板上捅出，无论如何要把你的真心话捅出来。

代言人　（上）国王说完，魔鬼似的卫士甲、乙冲上来，把他掀翻在地，用皮条把他的手脚牢牢捆上，拿着烧红的铁条比比画画，凶神恶煞似的。（下）

班　台　（惊恐地闭上眼睛，默默地祈祷）美丽的姑娘啊，永别了，我们来生再见吧！

　　[国王欲处死班台的命令被一阵清脆的笑声打断了。梅花身穿金色衣衫，像一阵轻风飘到国王面前。她那银铃般的笑声，真是能让死人复活，使老人年轻。]

梅　花　陛下，我就是这位年轻人的妻子，你快快放开他！
　　　　有事冲我来吧！

国　王　好，朕要的就是你啊，姑娘！（惊讶地）哇！美若
　　　　天仙，你这么美丽的女子，却嫁给了一个臭要饭的。
　　　　多可惜呀！来来来！随朕回宫，做朕的妃子吧！

　　[伸出长满汗毛的胖手拥抱梅花。]

　　[面对国王，姑娘像一只轻快的梅花鹿。"咯咯"地笑着，飞快地跑着，一会儿在东一会儿在西，国王就像一头笨拙的狗熊，不是摔了椅子，就是碰破了额头。惹得大家哈哈大笑。]

梅　花　陛下呀！如果你想得到钻石的话，快快爬到地上捡吧！

　　[梅花解开浓密的头发，用金梳子不停地梳着，一颗颗闪闪发光的钻石，叮叮当当地落下来。]

国　王　（高兴地）卫士们哪！快来替朕捡钻石吧！

　　[梅花和班台趁机逃下。]

国　王　啊，都逃走啦，快追！（下，卫士随下）

代言人　（上）这时，梅花和班台早已逃到了梅花姐姐家，看，
　　　　他们来了！（下）[梅花和班台上。]

梅　花　告诉你，班台，其实，我就是你在山村森林中救活
　　　　的小梅花鹿。现在咱们被那国王发现了，他一定不
　　　　会善罢甘休，肯定会派兵来抓人的，这是我姐姐家，
　　　　你快快把姐姐那个奇妙的风箱拿来，不管国王派来

多少卫兵，都可以对付！

班　台　好！梅花，就算你是梅花鹿变的，我也永远爱你！（取风箱）啊，国王的几千卫兵来了，他们带着长矛和弓箭，把姐姐的房子围得水泄不通。

梅　花　快打开风箱的开关！

［班台端起风箱，打开开关。］

班　台　哇，一个个卫兵都东倒西歪了，我们胜利了！

梅　花　士兵兄弟们，你们的国王贪得无厌，不会有好下场，你们用不着为他卖命，快快回家去吧！

二卫兵　你说什么，我们不能背叛国王，兄弟们，冲啊！

代言人（上）梅花姑娘很生气，开大风力，把将士们吹到几十里外。士兵见大事不妙，才匆匆逃走了。

班　台　梅花姑娘，我们不如乘胜追击，用风箱去教训一下那个贪得无厌的臭国王吧！

梅　花　好，快去吧！（下，班台随下）

代言人　他们一口气跑到王宫，指着国王叫嚷。（下）

班　台　你这吃山吃不饱，喝海不解渴的暴君，一只脚已经踏上火葬场了，还威风什么？

国　王　（很生气）你有什么资格说我，臭要饭的！

班　台　陛下，你不是天天都想去西天吗？我成全你，现在就送你上西天去吧！杀……（国王被大风刮得跌跌撞撞、摇摇晃晃……）

代言人（上）班台和梅花姑娘打开风箱开关，国王被吹到天上，百姓们见了，都拍手叫好，这时，班台把风箱一关，

国王马上从半空摔下来断了气。就这样，大家让班台做了国王，梅花姑娘做了王后，班台把国库的金银珠宝全分给了穷苦的臣民，从此大家过上了幸福的生活。

好了，演出到此结束，让我们谢幕吧！

（参考童话《钻石姑娘》改编）

（剧　终）

小狐狸抓鸡

［时间］ 某年某月某日。

［地点］ 山脚下。

［人物］ 代言人、狐狸妈妈、小狐狸、老母鸡、四只小鸡。

［幕启］ 代言人上。

代言人 亲爱的观众朋友们，大家好！我是本文作者的代言人，在本剧演出中，我时刻与你们同在哟。闲话少说，直接进入剧情吧！从前，在山脚下住着狐狸母子，狐狸妈妈年纪越来越大了，腿脚也有些不灵活了……瞧，它们已经来了，还是让它们自己来告诉你们发生的故事吧！我先闪了！（下）

狐妈妈 （与小狐狸同上）孩子，妈妈老了，外出找食物有些吃力了，你现在已经长大，该锻炼一下觅食的本领了。

小狐狸 好的，妈妈。

狐妈妈 听说山下村子里有一只老母鸡，它新孵出的小鸡已经长大了，你去抓一只来，咱娘俩好好吃一顿，这主意还不错吧！

小狐狸 什么？抓——小——鸡！那……那可不行呀！

狐妈妈 孩子，你能行，妈妈相信你一定能行。如果你现在学不会觅食的本领，那么我们以后都得挨饿啦。

小狐狸 （很不情愿）嗯……那好！我去试试看吧！

狐妈妈 真乖，宝贝（亲吻一下）。你如果发现小鸡，就悄悄地靠近它们，趴在草丛中一动不动地等待时机！这样，一定能捉到的。快去吧！（小狐狸下，狐妈妈下。）

代言人 （上）小狐狸很不情愿地离开了妈妈，准备抓小鸡去啦。走在去山下村的路上，后来，小狐狸到底有没有完成妈妈交给它的任务呢？或者它早就把这事抛到后脑勺去了呢？让我们拭目以待吧！（下）

小狐狸 哇！好美丽的花草呀！（边走边看）我真的好喜欢这里呀，还有那么多的蝴蝶和小蜜蜂在飞来飞去（蹦蹦跳跳）。嗯！我先来捉蝴蝶吧！（一会儿捉蝴蝶，一会儿采野花）咦！我的肚子咕咕叫了，该是饿了吧！（拍拍脑袋）糟糕，我竟然忘了妈妈交给我的任务啦！这下，我得瞪大眼睛，好好地去寻找美食啦！（寻找）嘻嘻！这不是一只肥大的母鸡吗？后面还跟着……哇！是四只小鸡仔吔（舔舔舌头）。运气还真叫好，这下咱娘俩可以美美地吃上一顿啦！可是，怎么样才能捉到小鸡呢？哦！有了，妈妈好像教我先悄悄地靠近它们，趴在草丛中一动不动地等待时机！好，我就照妈妈的话试试看吧！（得意地转动眼珠子，躲在一旁）

老母鸡 我的宝贝小鸡们哎！快来哟！快到妈妈身边来。（清点：一、二、三、四）快点跟上！

众小鸡 来了，来了！

老母鸡 宝贝们，今天，妈妈教你们一个本领：怎样捉虫子、吃虫子。好吗？

众小鸡 （欢呼）好啊，好啊！

老母鸡 你们要吃又肥又嫩的虫子，要用尖嘴啄它，然后抬起头，这样虫子就会吞进你的肚子里去了。小宝贝们快去试试吧！

众小鸡 知道了。（分头找吃的。母鸡再次清点它的孩子：一二、三、四）

小狐狸 （旁白）可恶，这该死的老母鸡把小鸡看得这么紧，我怎么能抓到小鸡呢？唉！你们看看，我趴在草丛中，四肢都麻木了，真是可恶极了！这可怎么办呢？（着急）放弃算了——不行不行，那样妈妈肯定会责怪我的，还是继续等着吧！（重新躲在一旁）

老母鸡 宝贝们，今天玩得差不多了，我们得回家啦！快过来！宝贝们！

众小鸡 好，我们回家啰！

老母鸡 老大，老二，老三，老四，跟我来吧……

众小鸡 好的，我们要回家啦！

老母鸡 都到齐了吗？我们走吧！（满意地领着孩子们走在前面，三只小鸡随下，老四偷偷留下。）

小狐狸 （旁白）哈哈！好机会来了。老母鸡呀！百密一疏，你总算出差错了，竟然没有发现还有一只淘气的宝贝小鸡落在了后面。

小　鸡 咦！妈妈它们走远了，我留在这里，妈妈也没发现。

这样也好，我就可以再回草丛继续玩耍啦！

小狐狸　这只淘气的小鸡，这下看你往哪里跑。哈哈哈……嗨！
　　　　你好呀小鸡。（小狐狸大模大样地走到小鸡面前）

小　鸡　（吓了一跳）天哪！它会是谁呢？不会是坏蛋吧？
　　　　不用想那么多了——嗨！

［大大方方走近小狐狸。］

小狐狸　（旁白）这只笨小鸡，它怎么不怕我呀，难道连敌人
　　　　也不认识呀！我想它妈妈一定没教过它怎样识别敌
　　　　人，哈哈！不过——我觉得这只小鸡特别的可爱，我
　　　　先不吃它，还是跟它玩一会儿再说吧！（对小鸡）唉！
　　　　小鸡，我跟你真是有缘，咱俩一起玩，行吗？

小　鸡　好啊！好啊！我最喜欢玩啦！但是……你到底是
　　　　谁呀？

小狐狸　（转转眼睛）我……我的名字叫聪聪。

小　鸡　聪聪，你不会吃掉我吧！

小狐狸　怎么会呢？我可喜欢你啦！你愿意跟我聪聪玩耍吗？

小　鸡　当然愿意啦！

小狐狸　那就让我们两个新朋友痛痛快快地玩一回吧！怎
　　　　么样？

小　鸡　好！好！好！开始玩耍啰！（面对面双手互拍一下）

代言人　（上）你们看，多么可爱的小狐狸呀！多么淘气的小
　　　　鸡呀！小狐狸真的很喜欢小鸡，它要和小鸡做朋友，
　　　　它真的不想抓小鸡来当点心吗？让我们一起看下去
　　　　吧！（下）

小　　鸡　聪聪哥哥，我们一起来捉虫子吧！我来教教你，好吗？

小狐狸　太好了，谢谢你哦！

小　　鸡　别客气啦！我们是朋友嘛！你瞧，我用尖尖的嘴巴啄过去，不就一下子捉到虫子啦！

小狐狸　真厉害！可是我却没有尖嘴巴？即使我看见虫子，也拿它没办法呀？

小　　鸡　没关系！我捉过来给你吃。来，又来一条啦！我喂你吃！（喂到小狐狸嘴里）

小狐狸　啊呜！嗯，真香。味道真不错呀！吃饱了，我们现在来玩玩游戏吧！

小　　鸡　玩游戏，好啊！玩什么游戏好呢？

小狐狸　我们在草丛里打滚怎么样？

小　　鸡　好的，好的！我最喜欢啦！（它们在草丛中打滚，互相追逐）真是好玩。

小狐狸　是呀，跟你在一起还真开心呀！现在我们再换个游戏怎么样？

小　　鸡　那玩什么好呢？

小狐狸　让我想想。哦！有了，就来玩捉迷藏怎么样？

小　　鸡　好的，那我们快点玩吧！你先躲，我来找吧！（闭上眼睛）

小狐狸　（躲）快来找我呀！

小　　鸡　咦，在哪里呢？怎么找不到呀！（仔细找）哈哈！总算找到你啦！现在该我躲，你来找我啦！

小狐狸　嘻嘻……真开心！

小　鸡　哈哈……真开心！

小狐狸　嘿！天快黑了，咱们俩都应该回家了。

小　鸡　是呀！都得回家了。可是我好舍不得呀！

小狐狸　我也是哦！可是我们必须要回家啦！不然，妈妈会担心的。

小　鸡　是呀，妈妈会担心的！

小狐狸　那我们明天再在一起玩，老地方见。不见不散！

小　鸡　不见不散！（拥抱了一下）拜拜！（旁白）这聪聪虽然看起来样子很可怕，可是人品还挺好的！（下）

小狐狸　（依依不舍）拜拜！哎，今天跟小鸡玩得真叫爽，可是，我怎样跟妈妈交代呢？我真的好喜欢这只淘气的小鸡，我要和它做朋友，真不想抓它来当点心。可是，妈妈一定会生气的，怎么办呢？（边想边走）哎哟，是什么把我撞疼了？啊？是大树！哇，树下有许多蘑菇哩，好大一片哟！我得采满一兜，来应付妈妈！嗯！就这样！（边采蘑菇边下）

代言人　（上）小狐狸把衣服脱下来，采了许多蘑菇后，一路高高兴兴地走回家，它会怎样向妈妈交代呢？大家接着看吧！（下）

小狐狸　（上）好，到家了！妈妈，我回来了！

狐妈妈　（上）孩子，回来了，有收获了吗？

小狐狸　妈妈，收获好大呀，你看我，采了满满一兜的蘑菇。

狐妈妈　蘑菇倒是很多，那小鸡抓到手了呀？

小狐狸　没有，我觉得小鸡挺可爱的，我下不了手，妈妈，以

后我们别吃小鸡了，我每天给你采许多蘑菇吃，这样不是很好吗？

狐妈妈 （惊讶地）什么？你说什么？（欲惩罚小狐狸，小狐狸惊慌。定格）

代言人 （上）小朋友们，看完这个故事，大家有什么感想吗？——好了，全体演员都上来，咱们一同谢幕吧！

（剧　终）

变色龙（课本剧）

——根据契诃夫同名小说改编

[时间] 黄昏。

[地点] 木柴场门口。

[人物] 奥楚蔑洛夫（简称"警官"）、巡警、赫留金（首饰匠，简称"金匠"）、白毛小猎狗、普洛诃尔（将军的厨师，简称"厨师"）、代言人。

[幕启] 代言人上。

代言人 大家好，我是本剧作者的代言人，可以随时上下场，与观众交流。言归正传，我们今天要表演的短剧《变色龙》，是根据契诃夫同名短篇小说改编的。话说警官奥楚蔑洛夫穿着新的军大衣，提着小包，穿过市场的广场。他身后跟着一个火红色头发的巡警，端着一个筛子，盛满了没收来的醋栗。四下里一片沉静。广场上一个人也没有。奥楚蔑洛夫忽然听见叫喊声："好哇，你咬人？该死的东西！伙计们，别放走它！这年月，咬人可不行！逮住它！哎哟……哎哟！"一看，瞧见商人彼楚京的木柴场里跑出来一条狗，用三条腿

一颠一颠地跑着，不住地回头瞧。它后边跟着追来一个人，穿着浆硬的花布衬衫和敞开怀的坎肩。他追上那条狗，身子往前一探，扑倒在地，抓住那条狗的后腿。一些带着睡意的脸纷纷从小铺里探出来，不久，木柴场门口就聚上一群人，像是从地底下钻出来的一样。（下）

〔随着代言人的讲解，有关人物上场开始表演。〕

巡　警　好像出乱子了，奥楚蔑洛夫警官！

警　官　（把身子微微往左边一转，迈步往人群那边走过去。）嗯，是出乱子了！

代言人　（上）在木柴场门口，奥楚蔑洛夫看见那个敞开坎肩的人站在那儿，举起右手，伸出一根血淋淋的手指头给那群人看。他那张半醉的脸上露出这样的神情："我要揭你的皮，坏蛋！"且那根手指头本身就像是一面胜利的旗帜。奥楚蔑洛夫认出这个人就是首饰匠赫留金。闹出这场乱子的祸首是一条白毛小猎狗，尖尖的脸，背上有一块黄斑，这时候坐在人群中央的地上，前腿劈开，浑身发抖。它那含泪的眼睛里流露出苦恼和恐惧。（下）

警　官　（向幕后喊话）你在这儿干什么？你干吗竖起手指头？是谁在叫嚷？

金　匠　（挥着空拳头咳嗽）我本来走我的路，长官，没招谁没惹谁……我正跟密特里，密特里奇谈木柴的事，忽然间，这个坏东西无缘无故把我的手指头咬了一口。

请您原谅我，我是个干活的人，我的活儿是细致的。这得赔我一笔钱才成，因为我要有一个礼拜不能用这个手指头……法律上，长官，也没有这么一条，说是人受了畜生的害就该忍着。……要是人人都遭狗咬，那还不如别在这个世界上活着的好。

警　官　（咳了一声，动了动眉毛）不错，这是谁家的狗？这种事我不能放过不管。我要拿点颜色出来叫那些放出狗来闯祸的人看看！现在也该管管不愿意遵守法令的老爷们了！等到罚了款，他，这个混蛋，才会明白把狗和别的畜生放出来有什么下场！我要给他点厉害瞧瞧……（转身，面对巡警）叶尔德林，你去调查清楚这是谁家的狗，打个报告上来！这条狗得打死才成。不许拖延！这多半是条疯狗。……请问，这到底是谁家的狗？

［幕后声：这好像是席加洛夫将军家的狗！］

警　官　加洛夫将军家的？嗯！你，叶尔德林，把我身上的大衣脱下来。……天好热！大概快要下雨了。……只是有一件事我不懂：它怎么会咬你的？（转身，面对赫留金）难道它够得到你的手指头？它身子矮小，可是你，要知道，长得这么高大！你这个手指头多半是让小钉子扎破了，后来却异想天开，要人家赔你钱了。你这种人啊……谁都知道是个什么路数！我可知道你们这些鬼东西是什么玩意！

巡　警　（深思）不，这条狗不是将军家的。将军家里没有这

样的狗。他家里的狗大半是大猎狗。

警　官　你拿得准吗？

巡　警　拿得准，长官。

警　官　我也知道。将军家里的狗都是些名贵的、纯种的狗。
　　　　这条狗呢，鬼才知道是什么东西！毛色不好，模样
　　　　也不中看，完全是下贱坯子。……他老人家会养这
　　　　样的狗？！这人的脑子上哪儿去了？要是这样的狗
　　　　在彼得堡或者莫斯科让人碰见，你们知道会怎样？
　　　　那儿的人才不管什么法律不法律，一转眼的工夫就
　　　　叫它断了气！你，赫留金，受了苦，这件事不能放
　　　　过不管。得教训他们一下！是时候了。

巡　警　不过也可能是将军家的狗，它脸上又没写着。前几天
　　　　我在他家院子里就见到过这样一条狗。

［幕后声：没错儿，是将军家的！］

警　官　嗯！叶尔德林，给我穿上大衣吧。好像起风了。挺
　　　　冷的……你带着这条狗到将军家里去一趟，在那儿
　　　　问一下这到底是不是将军家的狗。你就说这条狗是
　　　　我找着，派你送去的。你说以后不要把它放到街上来。
　　　　也许是名贵的狗，要是每个猪崽子都拿雪茄烟戳到
　　　　它脸上去，那它早就毁容了。狗是娇贵的动物……
　　　　你这个混蛋，把手放下来！用不着把你那根蠢手指
　　　　头摆出来！怪你自己不好！……

代言人　（上）这剧情咋这么错综复杂。哎，这不是将军的厨
　　　　师普洛河尔吗。快上来，认认这条狗。快来。（下）

警　官　喂，普洛诃尔！过来吧，老兄，上这儿来！你是将
　　　　军家的厨师，快来瞧瞧这条狗。是你们家的吗？

厨　师　谁说的？我们那儿从来也没有过这样的狗！

警　官　那就用不着费很多工夫再上那儿去问了。这是条野狗！
　　　　用不着白费工夫说话啦。既然是野狗，那就弄死它算了。

厨　师　（慢条斯理）这不是我们家的狗，噢，想起来了，这
　　　　是将军哥哥家的狗，他哥哥是前几天才到我们这儿来
　　　　的。我们的将军不喜欢这种小猎狗。他哥哥却喜欢。

警　官　他哥哥来啦？是乌拉吉米尔·伊凡尼奇吗？（整个
　　　　脸上洋溢着含笑的温情）哎呀，天！我还不知道呢！
　　　　他是上这儿来住一阵就走吗？

厨　师　是来住一阵的。

警　官　哎呀，天！他是惦记他的兄弟了。可我还不知道呢！
　　　　这么说，这是他老人家的狗？高兴得很，把它带走吧，
　　　　这条小狗还不赖，怪伶俐的，一口就咬破了这家伙
　　　　的手指头！哈哈哈，得了，你干吗发抖？呜呜，呜呜。
　　　　这小家伙生气了，好一条可爱小狗狗……

厨　师　我牵回去交给将军哥哥吧！（牵着狗，下）

金　匠　警官先生，他还没有赔偿呢……

警　官　你还想赔偿？哼，赫留金，我早晚要收拾你。（下）
〔幕后一片骚动："你瞧赫留金那熊样。狗都比他尊贵呢！"
"哈哈哈……"〕

金　匠　（欲哭无泪）奥楚蔑洛夫，你这个见风使舵的变色龙，
　　　　一个厚颜无耻的两面派。

代言人（上）是的，奥楚蔑洛夫是让人鄙视的变色龙，不过，古今中外，这种反复无常的无耻小人可多了！小朋友们，我们长大后，千万不可做见风使舵的变色龙啊！好了，一同谢幕吧！

（剧　终）

借 米

[**时间**]　某日。

[**地点**]　森林里。

[**人物**]　白兔、狐狸、猴子、代言人。

[**幕启**]　代言人上。

代言人　大家好！我是本文作者的代言人，代表作者与观众交流。好了，废话不多说了，开始演出吧！这个故事发生在森林里，你瞧，主人公白兔自己上来了，让她来告诉你们发生了什么吧！（下）

白　兔　（哼着小曲上）"春天里来好风光，田园处处百花香……"唉，劳动了一个上午，该回家休息休息了。（下）

狐　狸　（上。对观众）都说狐狸家族个个好狡猾，这可不是我们自吹的。今天家里没米了，老婆赶我出来找米，唉，这日子可真悲哀呀！我只能用狡猾的手段去骗骗善良的白兔了！（思索）嗯，有了，眉头一皱，计上心来。心中有底了，脚步也加快了。（圆场），好，白兔家到了，待我把门儿敲开来！（敲门）白兔小姐，你在家吗？

白　兔　（上。开门）噢，原来是狐狸先生啊，您光临寒舍有事吗？

狐　狸　白兔妹妹，你家有米吗？我老婆今天煮饭时发现没

米了，她叫我出来向你们这些好心人借借。

白　兔　噢，这样呀……（旁白）都说狐狸十分狡猾，它这是要干什么呢？

狐　狸　（见白兔有点疑惑）白兔妹妹，你放心，人们都说"有借有还，再借不难"，我狐狸不仅有借有还，还会给你一点好处。你借我一袋大米，我还你两袋大米，行不？

白　兔　（旁白）都说狐狸很狡猾，我可要多个心眼，防它一手（对狐狸）那……好吧。不过我们还是先小人后君子，先立下字据，白纸黑字写清楚，你我都签上字，免得日后会有争执。我还是比较相信白纸黑字的。

狐　狸　好啊，好啊，我正是这个意思，倒让你先说出来了！正是不谋而合啊，那咱们就立下字据吧！（两人同下）

代言人　（上）狐狸和白兔立好字据后，狐狸就背起一袋大米，回家向老婆交差去了。几天后，它就带着字据上白兔家还米来了。它还挺守信用的嘛，但愿不会有诈吧！（下）

狐　狸　（上。做敲门状）白兔妹妹，我是狐狸大哥呀，快开门呀，我给你还米来了！

白　兔　（上。开门）噢，是狐狸大哥呀，你还蛮守信用的。那为什么森林里人人都说你非常狡猾，非常可恶呢？

狐　狸　嗯……这个嘛，你别听他们胡说。对了，我还是先把米还给你吧！（放下豆腐干那么大的两只米袋）

白　兔　狐狸先生，你……你怎么能这样呢！我借给你的是一大袋米，你应该还我两大袋米的，这在我们的字据上可是写得明明白白的！你现在怎么只还我两小袋米呢？你这分明是言而无信的行为呀！

狐　狸　（假装吃惊）啊？言而无信？这话从何说起啊？（出示字据）你看看这字据上写的是"白兔借给狐狸'一袋米'，狐狸应还白兔'两袋米'"。这里写的只是两袋米哦！没有说是两大袋米还是两小袋米啊，我现在做成小米袋，正好给你家孩子玩游戏啊！

白　兔　你……你怎么可以这样呢！

狐　狸　白兔妹妹，其实，让你吃点亏有好处，知道以后立字据多长一个心眼啊！

白　兔　唉！我上当了，呜呜呜……（坐在门口哭泣）

狐　狸　白兔妹妹，哥哥可是为你好啊！（奸笑着下）

代言人　（上）狐狸欺骗了白兔，还大摇大摆地扬长而去了。而白兔则坐在家门口哇哇大哭。正巧，这时候猴子经过，听见白兔正在哭泣，便走上前去询问。（下）

猴　子　（上）白兔妹妹，你为何坐在这里哭泣呀？

白　兔　（擦擦眼泪）噢，原来是猴子大哥呀！您快请坐。事情是这样的……（渐渐靠近，耳语）

猴　子　这个狡猾的老狐狸真是太可恶了！我们得想个办法，也让它尝尝被骗的滋味！白兔妹妹，猴哥一定要替你报一箭之仇呀！

白　兔　猴子大哥，您能这样存心帮我，我就先谢谢您了！我……我给您做好吃的吧！

猴　子　不了，不了。我正准备去会会狐狸呢！

白　兔　猴子哥哥，我等您的好消息！（白兔进内室，下）

猴　子　（圆场）嗨，不知不觉来到狐狸家门口了，（敲门）狐狸老弟，在家吗？

狐　狸　（上。做开门状）噢，原来是猴子大哥呀，您有事吗？

猴　子　狐狸老弟，你家有米吗？我家现在正等米下锅呢，你借我一袋米吧！

狐　狸　啊！借米呀！米……米我家刚刚吃完了呀！

猴　子　不会吧！听白兔说，你骗了她一袋米呀！有这一回事吗？

狐　狸　笑话，我家有的是米，怎么会去骗白兔的米呢？

猴　子　是啊，我一听就知道白兔在撒谎，你狐狸老弟一向挺守信的呀！

狐　狸　猴子大哥，还是您最相信我，我向来助人为乐，怎么可能骗人呢！——啊对了，您刚才说您要借米呀！行呀！虽然我家的米也不多了，但我还是愿意借给您，不过，条件是我借您一大袋，您必须还我两大袋哦！（搬米）

猴　子　行呀！就这样说定了！再见！（做搬米状。两人下）

代言人　（上）白兔终于等到了好消息，猴子把大米搬回来了。第二天，猴子便搬起两大袋沙子去还给狐狸。（下）

猴　子　（上）狐狸老弟，我给你还债来了！你快开门呀！

狐　狸　（上）哦，原来是猴子大哥呀！您太守信了！

猴　子　狐狸老弟呀！你可瞧见了，我还你的债用的袋子可

是跟你给我的那袋子是一样大哦!

狐　狸　（见是沙子，大发雷霆）喂，猴子，你给我的怎么
　　　　全是沙子?

猴　子　你说借我一大袋，我还你两大袋，没有说袋子里必
　　　　须是大米啊! 你就花点代价买个教训吧，而且这也
　　　　是你的报应呀! 谁叫你欺骗白兔呢! 你这是自作自
　　　　受啊! 哈哈哈!

代言人　（上）唉，狐狸真是聪明反被聪明误呀! 好了，大家
　　　　一起上来谢幕吧!

　　〔全体演员上，谢幕。〕

（剧　终）

猫头鹰受勋

——根据双羽同名寓言改编

[**时间**] 某年某日某月。

[**地点**] 动物王国宫殿。

[**人物**] 猫王、鹰王、人类代表（简称"人类"）、乌鸦。

喜鹊、老鼠、代言人。

[**幕启**] 代言人上。

代言人 大家好，我是本文作者的代言人，在演出中，我会随时与大家沟通交流。今天我们表演的短剧是根据双羽先生的同名寓言改编的。说的是有一天，鹰王接到了一封匿名告状信，状告猫头鹰三大罪行。其中的是非曲直难分真假，且看鹰王如何断案吧。（下）

鹰　王 （怒气冲冲上）这个猫头鹰又惹是生非，把我们大鹰帝国的名声全败坏了！老干这些见不得人的勾当，本王已经先将猫头鹰关进大牢，不久前派遣了侦探暗中查访，只要查明事实，立刻斩首示众。

猫　王 （上）听说猫头鹰被人告下了，我得过去相救，毕竟它有一个像猫一样的头，说不定还是远房亲戚呢！（进

了大殿）尊敬的鹰王陛下，寡人听说猫头鹰被人告下了，请陛下慎重断案，说不定有坏人匿名诬告，千万不能冤枉好人啊！

鹰　王　多谢猫王陛下，陛下言之有理，对于猫头鹰一案，本王已经派侦探暗中查访，待调查清楚再做处理。

猫　王　如此甚好！

鹰　王　查案侦探快要回宫，请猫王陛下与寡人一同断案如何？

猫　王　也罢，恭敬不如从命嘛！

鹰　王　多谢猫王陛下了！传喜鹊上殿！

［幕后卫士传话：传喜鹊上殿哪——］

［喜鹊上］

鹰　王　喜鹊爱卿，寡人派你调查猫头鹰一案，可有结果？

喜　鹊　陛下，据微臣调查，猫头鹰一整天都在睡大觉，养精蓄锐，夜晚大开杀戒那也实有其事，不过它杀的都是为非作歹的亡命之徒啊！请大王明鉴！

猫　王　哈哈，多亏了喜鹊，还猫头鹰一个清白！

鹰　王　哦，原来如此。不过你的调查报告还只是一面之词，寡人还派遣了乌鸦爱卿前去调查，那就再听听它的报告吧！传乌鸦上殿。

［幕后传话：传乌鸦上殿］

［乌鸦上殿］

鹰　王　乌鸦爱卿，寡人派你调查猫头鹰一案，可有结果？

乌　鸦　陛下可能已经听了喜鹊的报告，但喜鹊这家伙向来报喜不报忧，它的话不可信！我乌鸦可不一样，微臣向

来老实巴交，有什么就说什么，别人说我们乌鸦嘴，乌鸦嘴怎么啦，就是要实话实说嘛！其实这猫头鹰啊，你别看它整天待在树上，开一只眼闭一只眼，一副无所事事的样子，其实它狡猾得很，白天都是装的，到了夜幕降临之时，它就大开杀戒，猝不及防就把小动物吃了，它残杀生灵，证据确凿，死有余辜！

猫　王　鹰王陛下，在动物王国，弱肉强食是天经地义的。

鹰　王　（若有所思）乌鸦你还有什么话要说吗？

乌　鸦　陛下，微臣所言，句句是实。微臣连证人都带来了。

鹰　王　好，传证人上殿！（幕后传话）

小老鼠　（上）大王陛下，这猫头鹰可把我全家都害惨了！晚上我们全家出去看月亮，让猫头鹰撞上了，全家十几口都给这坏蛋吃了个精光，我也是侥幸逃出来，脚也一瘸一拐的，看这身上伤痕累累，要成终生残疾了，呜呜呜……鹰王陛下，您可要为我们鼠辈做主啊。

鹰　王　好了！现在乌鸦已经有了充分的证据，喜鹊你有没有人证或者物证，否则猫头鹰滥杀无辜的罪名成立！

喜　鹊　陛下，微臣有证人，人类代表就是证人，他正在宫外候着呢。

鹰　王　好，传人类代表上殿。

人　类　（上）尊敬的鹰王陛下，自从猫头鹰被关进大牢后，老鼠们个个手舞足蹈，什么稻谷啊，番薯啊，花生啊，只要是能吃的都被老鼠吃光了，村里还引起了大规模的鼠害，原本农民辛辛苦苦种的稻谷颗粒无收，这老鼠是个十恶不赦的大坏蛋，鼠害不除，百姓们岂能安居乐业啊？我是人类的代表，特地来找鹰王求助，请鹰王立即放出猫头鹰，为民除害，它是老鼠的天敌，是灭鼠的英雄啊，我们为它特制了一枚勋章！（出示勋章）

猫　王　鹰王陛下，乌鸦说的残害小动物原来是小老鼠啊，像小老鼠这些偷鸡摸狗的坏蛋，才是死有余辜，应该受到严惩。这猫头鹰是人类的好朋友，是灭鼠的大英雄啊！怪不得遭到陷害，我看这匿名信肯定就是老鼠所为！我们要为猫头鹰伸张正义，我们猫王国也要授予它一枚勋章！

鹰　王　哦，本王一切都明白了，现在我宣布，为猫头鹰平反昭雪，并奖励豪华别墅一座，鹰王国也要授予它一枚金质勋章，并授予"捕鼠英雄"称号。另外喜鹊为寡人提供准确的情报，官升三级，至于乌鸦谎报案情，解除一切职务，押至大鹰帝国高级法院审理！

乌　鸦　冤枉啊，冤枉啊，我说的都是实话啊！看来以后的日子不好过了，唉！（被押下）

老　鼠　完了完了，猫头鹰授勋，我们鼠辈胡作非为的日子一去不复返了！现在恐怕又有遭灭顶之灾了，赶快逃命去吧！（急匆匆欲溜下，被人类抓住不放。）

代言人　（上）像猫头鹰这样尽心尽职的人，最终得到了嘉奖，利用匿名信诬告他人的鼠辈绝没有好下场！好了，故事到此结束，大家一起谢幕吧。

（剧　终）

旱獭和老鼠

——根据双羽寓言《可可西里的旱獭》改编

[时间] 某日。

[地点] 可可西里。

[人物] 旱獭王、随从、鼠王、鼠国将军、鼠国宰相、鼠国
使者、代言人。

[幕启] 代言人上。

代言人 嗨，大家好！我是本剧的代言人，负责和观众沟通交
流。好啦，闲话少说，切入正题吧！在我国的可可西里，
有一个自然保护区。在那儿，不仅生活着藏羚羊等濒
危动物，而且也生活着旱獭和老鼠这一对冤家。旱獭
毕竟比老鼠强大许多，老鼠死的死，伤的伤，整日担
惊受怕。看，鼠王来召开会议了，我先回避了。（下）

鼠　王（上）唉，在可可西里自然保护区，很多濒危动物受
到了保护，可我们老鼠不仅没有人保护，反而每天遭
受旱獭的追杀，这样下去，用不了多久，老鼠就会被
灭绝了，怎么办？叫天天不应，叫地地不灵。看来只
有靠自己了——鼠国的臣民们！

众　鼠　（应上，跪）鼠王万岁万岁万万岁！

鼠　王　众爱卿平身！如今，旱獭十分猖獗，决心灭我鼠类满门，大快快献计献策，想想如何对付该死的旱獭吧！

将　军　（一脸悲愤）大王陛下，旱獭个子大，仗势欺人！我等一忍再忍，忍无可忍，不如拼个你死我活，说不定还有活路！

鼠　王　（双手托着下巴）不妥不妥，敌强我弱，不可莽撞！假如硬拼可行，咱们鼠国老祖宗早就拼了，哪还等到今天！

宰　相　大王，我看不如这样：现在自然保护区正在举行十大珍稀动物评选，不如我们送些小老鼠给旱獭王补身子，把它养得腰圆体胖，毛色油亮，帮它进入十大珍贵动物行列。

鼠　王　什么？面对强敌，咱们鼠国早已经岌岌可危，怎么还要自相残杀，主动把自己亲生血脉给别人送上门去？（众鼠附和）

将　军　岂有此理，孩子是鼠国的明天，怎能忍心伤害？

宰　相　大王，将军，俗话说：舍不得孩子套不着狼，为了鼠国的大局，只能忍痛割爱，先牺牲一些劣等的幼鼠，用苦肉计引诱旱獭王上当。只要依计行事，我保证不出半年，旱獭也会濒临灭绝的。

鼠　王　哦，有这等好事？

宰　相　大王，附耳过来！（耳语，鼠王连连点头。）

鼠　王　好，好，速速行动起来！（众应。）

［鼠王下。众随下。］

代言人 （上）从第二天开始，鼠国每天都送去许多刚刚出生
的小老鼠，把旱獭王喂得肥肥的，毛色亮亮的。然后，
鼠王再派出鼠国最优秀的社会活动家和最年轻貌美的
公关小姐，带上巨款，使出浑身解数，大张旗鼓为旱
獭王国宣传。终于使旱獭顺利过关，登上"十大珍贵
动物"的光荣榜。

随　从 （急上）报——

旱獭王 （上）有何要事禀报？

随　从 大王，不知为什么，鼠王派出它的左膀右臂，已经助
您登上"十大珍贵动物"的光荣榜。

旱獭王 （沉思）奇怪，老鼠与旱獭有不共戴天的深仇大恨，
它们怎么会为旱獭家族争取到如此高的声誉呢？天下
恩将仇报的人比比皆是，以德报怨者简直是凤毛麟角
啊。难道鼠王吃错药了，还是心怀鬼胎，别有用心？

［内声：大王陛下，鼠国使者觐见……］

鼠使者 （献礼）尊敬的旱獭王陛下，鼠王陛下派微臣再次敬
献嫩鼠 20 只。

旱獭王 请问使者，贵国每天送来许多嫩鼠，究竟是何居心？

鼠使者 尊敬的旱獭王陛下，请不要怀疑我们鼠国的一片诚意。
我们生来就是要替强者提供食物的，特别是你们旱獭，
是我们老鼠最终的归宿。我们大张旗鼓地宣传你们，
为你们争光，就是为我们自己的归宿宣传，为自己的
归宿争取荣誉啊！

旱獭王　（恍然大悟）哦，原来如此啊。朕每天吃着还没长毛的小老鼠，身体养得肥肥的，毛色油光闪亮，煞是美丽。朕的光辉形象还上了自然保护区的《珍贵动物画报》，现在，朕的名声远播。人们都啧啧称赞：嘀，多好的皮毛啊！这一切，都离不开鼠国的鼎力相助！请贵使者向鼠王陛下转达朕的谢意啊！

鼠使者　好说，好说。一家人不说两家话。陛下，微臣告辞了！（下）

旱獭王　哈哈哈，这鼠王倒也明理，每天给朕送来没毛的小老鼠，味道真不错啊！哈哈哈……（得意扬扬。下。随从跟下。）

代言人　（上）人怕出名猪怕壮，旱獭也不例外，名声越大，厄运也就来得越快。正好自然保护区下了禁令：谁猎杀一只藏羚羊将判五年有期徒刑。偷猎者于是争先恐后地把目标转向捕猎旱獭。旱獭大难临头，整天提心吊胆，惶惶不可终日。鼠国的苦肉计成功了，鼠王乐不可支，瞧，鼠王来了，我先闪了！（下）

鼠　王　（上）哈哈！苦肉计成功了，旱獭国的末日到啦！哈哈哈……

旱獭王　（匆匆逃上）唉，现在轮到我们旱獭东躲西藏了，如今，没有一天能过上好日子。怎么办，旱獭王国都快灭绝了！

鼠　王　咦，这不是旱獭王吗？啊呀旱獭王陛下，你怎么如此狼狈不堪了？本王差点都认不出您啦！您这是怎么了？

旱獭王 哼，明知故问！我上了你的当了！

鼠　王 咦，怎么赖到本王的头上来了，莫名其妙！

旱獭王 你以为朕不知道，你使出苦肉计，用小老鼠把朕养得肥肥的，毛色亮亮的，帮朕评上十佳珍贵动物，然后借刀杀人，让偷猎者猎取旱獭的皮毛，你、你、你好狠毒啊！

鼠　王 哈哈哈，原来陛下不傻啊，能知道本王用的是苦肉计，可惜为时已晚，等死去吧！哈哈哈……

旱獭王 不过你也不用高兴得太早了。我们旱獭虽然是老鼠的天敌，但咱们又是相互依存的冤家啊，一旦旱獭灭绝了，你们老鼠的死期也就不远了！

鼠　王 耸人听闻，没有那么可怕的！

旱獭王 那就走着瞧吧！（愤愤然下）

鼠　王 这是什么话？旱獭灭绝了，我们老鼠的日子不是更好过了吗，怎么说死期到了呢？（有所思地下。）

代言人（上）其实，旱獭王说得没有错，旱獭灭绝了，生态平衡被破坏了，老鼠大量繁殖，可可西里鼠满为患，人们忍无可忍，开始研制了大规模杀伤性药物，老鼠也难逃灭顶之灾啊！好了，演出结束，大家谢幕吧！

（剧　终）

拯救火柴女（课本剧）

——根据安徒生童话《卖火柴的小女孩》改编

[**时间**] 一个多世纪之前的一个大年夜。

[**地点**] 安徒生的童话世界中。

[**人物**] 火柴女、中国女孩、调皮鬼、奶奶、众天使、代言人

[**幕启**] 天色昏暗，大雪纷飞，高墙前，火柴女匆匆上。一边哆嗦着一边大声叫卖。（下）

代言人 （上）今天演出的这个短剧是"代言体"课本剧《火柴女》，这是根据安徒生童话《卖火柴的小女孩》改编的，编剧：张鹤鸣，导演：王晓聪。什么？你们问我是谁啊？我是编剧张鹤鸣先生设计的一个"代言人"，我可以随时上下场，随时与小朋友们交流沟通呢！这个短剧 2006 年创作演出，曾经在浙江省的校园剧会演中获奖，用今天的话来说，它像是"穿越剧"，100 多年前的火柴女和今天的中国女孩同台演出……（幕后传来马车飞驰的声音）哦，是马车飞驰的声音（飞出一只鞋子），哎哟喂，卖火柴的小女孩在躲避马车时丢了一只鞋子呢……好，我不多说了，让她自

己继续表演吧，拜拜！（下）

火柴女　（手提一只鞋子复上）火柴哇，卖火柴来，谁要火柴
　　　　吗——唉，我的鞋子只剩一只了，还有一只呢？

［调皮鬼偷偷上，捡起火柴女的鞋子欲逃。］

火柴女　（寻找鞋子）我的鞋子，还有一只鞋子呢？

调皮鬼　嗒，这儿呢，地上捡的，归我啦！

火柴女　快还给我，那是我妈妈的鞋子啊——

调皮鬼　等我有了孩子，还要用它当摇篮呢，哈哈哈……（笑
　　　　声远去，下。）真晦气！

［火柴女愤愤地把单只鞋子砸在地上。］

火柴女　（叫卖）卖火柴来，谁要火柴吗？可怜可怜我，快来买
　　　　火柴吧！——唉，一整天，没卖出一根火柴，没挣到一
　　　　分钱，还丢了妈妈的鞋子，爸爸妈妈一定会打我的……
　　　　我回不了家啦！不过，我又何必回家呢？家里只有个房
　　　　顶，板壁全裂开了，干草破布堵也堵不住，西北风灌进
　　　　来，家里跟街上一样冷啊——可今天是大年夜，谁不想
　　　　回家团圆啊！瞧，那些高楼大厦里灯火辉煌，还飘来缕
　　　　缕烤鹅的香味，（深深吸一口气）唉，一整天没吃过东
　　　　西了，又冷又饿，我……我该怎么办啊！

［火柴女冷得发抖，终于大胆地擦了一根火柴，火焰燃起。］

火柴女　（兴奋地）嚅，我的火柴多神奇啊，火光中，竟会现
　　　　出暖烘烘的火炉，还有，还有盘子里正冒着热气的一
　　　　只烤鹅，这只烤鹅从盘子里跳下来了，背上插着刀和
　　　　叉，蹒跚地在地板上走着，走着……（再擦一根火柴）

哦，那圣诞树比我去年见到的还要大呢，还有许多彩
色画片，真好看……（用手去抓，火柴熄灭）唉，怎
么又消失了……（失望地跌坐墙角）

中国女孩 （坐童话飞船上。戴头盔，穿航空服。匆匆对观众）
请问，这儿可是安徒生笔下的童话世界？

代言人 （上）喂，你是谁？怎么闯到安徒生的童话世界来了？

中国女孩 啊，这儿真的是安徒生的童话世界啊？耶！老爸研
制的童话飞船还真行，我刚坐上，按钮一摁，眨一
眨眼便到童话世界了！我是2012年中国浙江瑞安
市安阳实验小学的学生。

代言人 哦，这么遥远，来到一个多世纪前的童话世界干吗呀！

中国女孩 我要拯救卖火柴的小女孩！您见到过她吗？

代言人 哦，你是一个难得的好心人！——小女孩就在那儿，
她好可怜，你快去吧！（下）

中国女孩 嗨，这一回，我可要做一件让全校师生震惊的大事：
用老爸的童话飞船接小女孩到我们学校欢度春节！
（看表）嗯，时候不早了，等会儿她就会被冻死在
大街上，我得赶在她死之前拯救她！（寻找）嗨，
总算找到啦！喂，卖火柴的小女孩！

［火柴女怔怔地望着中国女孩。两人用手势交流。］

中国女孩 噢，语言不通，没关系，戴上语言翻译机！（为火
柴女戴上耳麦）这样一来，咱们就可以自由交谈了！
我知道，你就是卖火柴的小女孩了！

火柴女 （点点头，兴奋地）您想买火柴？（赶紧捧出火柴）

中国女孩 不不，我们那儿打火机多得是，很便宜的，谁还用火柴！

火柴女 打火机？

中国女孩 （掏出打火机）就是这种玩意儿。（打火）瞧，比火柴强多了！

火柴女 怪不得没人买我的火柴，原来是你抢了我的生意！（生气，抓住中国女孩前襟）

中国女孩 别，别误会，我和你相差一个多世纪，怎么会抢了你的生意？

火柴女 一个多世纪？

中国女孩 一个多世纪就是 100 多年呀！

火柴女 你骗我！我和你差不多年纪，怎么会相差 100 多年呢？

中国女孩 我是 21 世纪的中国女孩呀！

火柴女 21 世纪的中国女孩？

中国女孩 对对对，21 世纪的中国是欣欣向荣的社会主义国家，劳动人民当家做主，不再像你们那样挨饿受冻……

火柴女 （惊喜）哦，不再挨饿受冻？那不是到了天堂了吗？

中国女孩 与你目前的生活相比，简直可以说是天堂了！

火柴女 你骗人，我奶奶才真的去了天堂呢。

中国女孩 我知道，奶奶是唯一疼你的亲人！

火柴女 是啊，奶奶可疼我了，——咦，您是怎么知道的？

中国女孩 语文书上说的。（流星划过天际）

火柴女 啊，流星！又一个人快要死了！

中国女孩 这也是奶奶生前告诉你的："一颗星星落下来，就

有一个灵魂要到上帝那儿去了。"

火柴女 咦，你又是怎么知道的？

中国女孩 也是语文书上说的！

火柴女 哦，语文书是谁？我家的事，它怎么都知道的？

中国女孩 语文书是课本！

火柴女 （不理解）课本？

中国女孩 课本就是上学读的书！

火柴女 （更加不理解）上学读的书？

中国女孩 对啊，在我们社会主义国家，不仅家庭温暖、生活幸福，而且孩子们都能上学，读书、学习文化！

火柴女 那难道不用卖火柴啦？

中国女孩 有了文化知识，将来再回报社会，现在我们还小，正是长知识长身体的时候，而且好多是独生子女，爸爸妈妈疼都疼不过来呢，哪舍得让我们冒着风雪出门去叫卖啊！

火柴女 嘀，世上真有这样的好地方吗？

中国女孩 当然，我们那儿的大年夜，家家户户欢欢乐乐团团圆圆热热闹闹，一家人吃年夜饭，还观看春节联欢晚会呢！

火柴女 春节联欢晚会？

中国女孩 对呀，一年一次，很精彩。今年是龙年，龙腾虎跃，红红火火，是中国中央电视台直播的，可好看了。

火柴女 中国中央电视台？

中国女孩 中国中央电视台就是……就是……唉，怎么跟你说

呢——这样吧，到了我们家乡，我再慢慢告诉你，新鲜事可多呢，你还是快快跟我上童话飞船吧！

火柴女 童话飞船是什么东西？

中国女孩 这是一种新的交通工具，速度比宇宙飞船还要快呢，所以它可以在童话世界飞来飞去的，我就是乘着童话飞船穿越150年的时光隧道特地来拯救你的！

火柴女 你要拯救我？

中国女孩 对啊，如果你不赶快离开这个鬼地方，你很快就会被冻死的！

火柴女 谁说的？

中国女孩 也是语文书上说的，我背给你听："第二天清晨，这个小女孩坐在墙角里，两腮通红，嘴上带着微笑。她死了，在旧年的大年夜冻死了。新年的太阳升起来了，照在她的小小的尸体上……"

火柴女 别说了，太可怕了。书上怎么说得那么可怕呀，我晚上一定会做噩梦的！

中国女孩 你连做噩梦的机会都没有了，快快离开这个黑暗的世界吧！（拉火柴女）

火柴女 （惊恐）不，不，奶奶告诉过我：不能随便听信陌生人的话……

［中国女孩安全帽上信号灯闪耀，警报响起。］

火柴女 啊，着火啦！

中国女孩 不，是信号灯亮了，我只能最后停留三分钟了，否则，我就不能回转现实世界去啦——卖火柴的小女

孩，快快随我登上童话飞船吧！

［火柴女连连摇头，躲避，中国女孩追赶，火柴女哭泣。］

中国女孩（焦急）唉，时间不多了，这可怎么办呢？可怜的
　　　　小女孩，我怎么才能拯救你啊？（一同哭泣）

火柴女（安慰）小姐姐，您别哭了，您快回去吧，爸爸妈
　　　　妈一定想你啦！

中国女孩 小女孩，你的爸爸妈妈也会想你的，如果你真的不
　　　　想跟我走，你就先回家吧！

火柴女 不，不，我没卖出一根火柴，没挣到一分钱，爸爸
　　　　妈妈会打我的。

中国女孩 这样吧，你把火柴全卖给我吧！

火柴女（喜出望外）真的，小姐姐，你可真是个大好人哪。
　　　　（递上火柴）

中国女孩（掏出一张百元人民币）给，不用找了！

火柴女（接钱，仔细辨认）这……这是哪儿的钱？

中国女孩 这是 100 元，是中国的人民币——嗨，怪我太粗心
　　　　了，这是 150 年以后我们中国使用的一种钱币，现
　　　　在这儿还不能使用，唉，我再也救不了你啦！

火柴女 你这个人总是怪怪的，究竟是好人还是坏人啊！差点
　　　　上当了，还你钱，你把火柴还给我。

［信号灯亮，警报响起。］

中国女孩 唉，我的时间只剩下最后一分钟了，卖火柴的小女
　　　　孩，我救不了你啦，你还是燃起火柴暖暖身子吧！
　　　　火光中，你会见到最疼你的奶奶的！好，我该回家

了，过了时辰，我就回不去了！（坐上童话飞船）
卖火柴的小女孩，再见了！（下）

火柴女 再见了，好心人！（赶紧擦亮火柴）啊，奶奶就在亮
光里耶！她是那么温和，那么慈爱！（众天使翩翩起
舞，簇拥着奶奶上）

奶　奶 孩子，奶奶好想你啊——

火柴女 奶奶，请把我带走吧！我知道，火柴一灭，您就会不
见的，像那暖和的火炉，喷香的烤鹅，美丽的圣诞树
一样，就会不见的！

［火柴女接连擦火柴，最后将一整把火柴一齐擦亮。］

奶　奶 孩子，奶奶好想和你在一起，可是奶奶只能活在你
的火光里啊——

火柴女 奶奶，奶奶，我把所有的火柴都点亮，您带我走
吧——

代言人 （上）奶奶从来没有像现在这样高大，这样美丽。奶
奶把小女孩抱起来，搂在怀里。她们俩在光明和快乐
中飞走了，越飞越高，飞到那没有寒冷，没有饥饿，
也没有痛苦的地方去了……

［天使起舞，迎接火柴女飞去……］

代言人 大雪纷纷扬扬地下着，普天下还有多少孩子还生活在
水深火热之中，小朋友们，看了火柴女的悲惨遭遇，
你难道不感到自己正生活在幸福之中吗？好了，演出
到此结束，大家一同谢幕吧！

［演员复上，谢幕。］

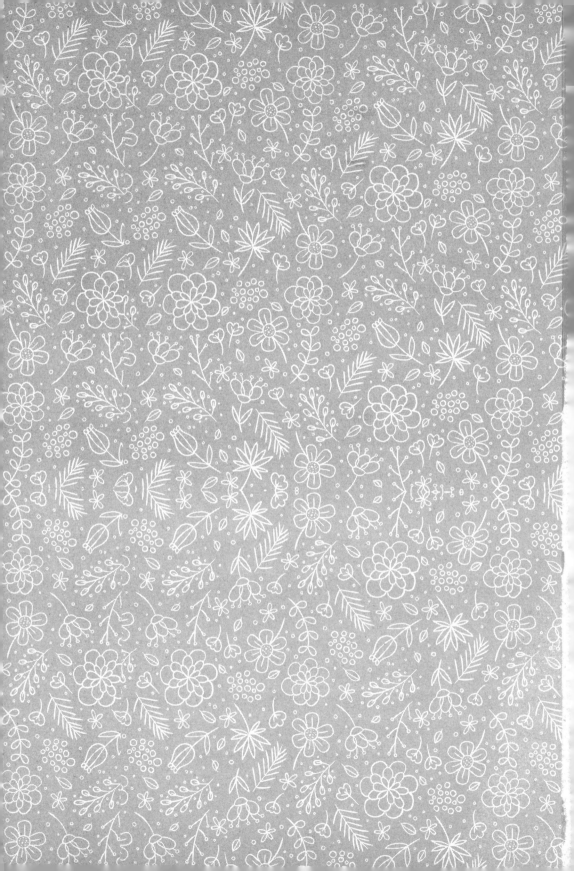